KB161681

마음과
마음이
만나는
자리

마음과
마음이
만나는
자리

손창원 엮음

이담
Books

차례

마음 셋 _ 촛불

마음 넷 _ 그런 만남이 있었다

수업 소개

해설 사례

마만자 후기

응원의 말

엮은 말

여기저기 핀 꽃을
정성스레 따다 바구니에 담았다
텅 빈 바구니에 난
커다란 구멍을 보고 울다가
지나온 길에 생긴
예쁜 꽃길을 보고 웃었다

마음 하나

꽃길

고3이 사는 법[*]

박예지

국어에 싫증이 난 날에는
수학을 풀고
수학에 싫증이 난 날에는
영어를 풀어야 했다

그러고도 남는 날에는
사탐을 풀어야만 했다

---

[*] 나태주 시인의 '사는 법'을 모방하여 쓴 시

엄마

오주영

어렸을 때, 나에게는 큰 꿈이 있었다
너라는 꿈이었다. 나는 너라는 큰 해가 되고 싶었고,
너라는 존재가 되고 싶었다
그래서 항상 나는 너를 입에 달고만 살았다
슬플 때도, 즐거울 때도
항상 너, 너만 불렀다
하지만 나는 지금은 아니다
너보다 더 큰 존재가 되고 싶다
너까지 품을 수 있는, 그런 큰 하늘이 되고 싶다

새벽

오주영

새벽의 냄새가 좋았다
은은하게 비추어오는 달빛에 어우러진 이슬의 냄새가
온 머릿속을 헤집어 놓은 너를 밀치고 내 머리를 채우는 것이
좋았다

정리

이소정

흔적을 정리하다가 하복을 찾아냈다
그 옷자락에
이제 내 열아홉은 깃들지 못한다

지나보면 모든 순간이 금 같던
싸움조차 귀했던
시간들은 눈을 감고
내 기억 속으로
가라앉았지만

사라짐이 아니니
슬퍼하지 말자
금처럼 가라앉아 나를 이룰
시간
시간들

광화문을 보며

이소정

1.

나라 없는 날들을 살아가며
빛을 노래하던 영혼들이 있었다

다시,
자유 없는 날들을 살아가며
태양을 노래하던 영혼들이 있었다

2.

다시,
그들의 돔 속의 그들의 나라, 그들의 자유를 위해 우리 없는 날들을 살
아가며
너와 내가 불을 댕길 때

수능

최효리

조금만 더
빨리 오기를

조금만 더
천천히 오기를

편지

김민지

아빠 안녕
작은딸이 벌써 이만큼 컸네

몇십 년을 가족을 위해 일했잖아
근데 내가 고작 하루에 몇 시간 알바한다고
짜증내서 미안해

또 밤에 뭐 먹을 거면서
다이어트한다고 같이 밥 안 먹어준 거 미안해

엄마한테 혼날 때도 눈치 보면서 슬며시
내 편 들어주는 거 고마워 아빠

이런 말들 직접적으로는 아빠한테 못 하겠어
부끄럽거든

무뚝뚝한 막내 딸내미라서 미안해

이제 나도 시작이네
우리 가족 잘 살자 오래오래 행복하게 같이

이 시집 거실에 툭 던져놓을 테니까 꼭 봐

겨울의 일기 - 마지막 페이지

손예준

아무렇게나 널려 있는 추위를 걷었다
허이연 입김이 사라질 때까지
발가락 사이사이의 한기가 없어질 때까지
그러자 너의 눈이 뜨였다
기억을 온통 잃어버린 너는
본능을 살려 움을 틔었다
이젠 내가
모든 것을 잊을 차례

대개 이러하다

손예준

어젠 네가 나를 떠나는 꿈을 꾸었다 난 울며 소리쳤지만 현실의 나는 그러지 못했다

너의 낯설어져버린 뒷모습에서 눈을 떼지 못하며 나는 한없이 추락하고 말았다

테이블 위의 커피는 너를 아직 담고 있었지만 결국 온기와 함께 사라져 버릴 터

한 숨 두 숨 세 숨 그렇게 나는 울음을 삼켰다

스티로폼 같은 가벼운 마음 그것이 너이다 마치 날아가지 않을 풍선인 양 잡고 있던 내가 한심하고 너에게 미안하다

하루가 지나 새로운 하루가 되듯 시간은 속절없이 흘러가지만 나는 그 시간의 홍수 속에서도 우리가 함께일 줄 알았다

해가 지고 있다 나의 고개도 기우는구나 여전히 너를 떠올리는 나는 어쩔 수 없나보다

네가 옆에 있었을 땐 그때의 너에게만 충성했었지만 지금의 난 과거와 미래의 너에게 그리고 상상 속의 너에게까지 마음을 뻗친다

담쟁이 같은 이 요란스런 마음이 쉽사리 접어지지 않는 걸 보니 손재주가 없는 나의 마음이 맞구나 싶다

그래 생각보다 나는 담담했다 꿈속에서 미리 예행연습을 해서인지는 몰라도 충분히 네가 떠나기 전과 동일한 삶을 살고 있다

빛나는 추억 아니 구질구질한 추억까지도 나는 나의 기억의 바다에 배로 만들어 띄워놓을 것이다

그 배가 모두 지평선 너머로 사라진다면 그런다면 나는 다시 새로운 바다를 찾아가야겠지

그렇게 생각하니 나는 더 슬퍼졌다 게다가 너의 배들은 파도를 타고 밀려오기 시작하는 것이 아닌가

앞으로도 네가 가끔 생각날 때면 난 너에게 폐를 끼칠지도 모르겠다 그러니 미리 미안하다

너는 미안이라는 말이 싫다고 했다 그것은 애초부터 잘못을 하지 말라는 뜻이라고 친절히 일러주었다

나는 마른세수를 하며 너의 버릇들을 하나씩 떠올려보았다 이렇듯 내 모든 생각은 너에게로 되돌아갔다

어젠 네가 나를 떠나는 꿈을 꾸었다 난 힘껏 붙잡았지만 현실의 나는 그러지 못했다

우리가 함께한 하루들을 모두 합한 그 날이 지나면 그땐 그때의 나는 과연 너라는 꿈을 더 이상 꾸지 않게 될까

불꽃놀이

손예준

빛나는 연기 속에
추억도 시간도
옅게 흩어져가네

불꽃이 한 번
아장아장 걷던 딸은
벌써 아내가 되었고

불꽃이 두 번
세상 가장 힘세던 아빠
하얀 머리 가득이네

꽃길

김경언

여기저기 핀 꽃을
정성스레 따다 바구니에 담았다

텅 빈 바구니에 난
커다란 구멍을 보고 울다가

지나온 길에 생긴
예쁜 꽃길을 보고 웃었다

가시 없는 밤

김경언

맑은 가을날이면
할머니 집에
밤 주우러 갈 생각뿐

제 몸집만 한 소쿠리 메고
밤나무 밑에 굴러다니는
통통한 밤을 주워 담는다

철없는 손녀 다칠까
여기저기 몰래 뿌려둔 가시 없는 밤

우리 할머니 집 밤은 가시가 없다

B의 경우

박민정

난 평소에 너 때문에 할 수 없었던 게 너무 많았어
넌 나의 모든 시간이 너의 것이길 바랐고
넌 내가 너의 기준에 맞지 않는다 말했어

2016년 11월 17일

너와 헤어졌어
이젠 너의 그 태도도 나에게 매기는 점수도
진절머리 났으니까

한동안 네 생각을 끄고
보고 싶었던 영화를 오래오래 봤지
좋아하는 배우가 나오는 드라마를 챙겨보고
친구와 몇 시간이고 쉼 없이 수다를 떨었어
너 때문에 울고 웃는 게 아닌 것
남들과 비교하며 실망하지 않는 것
내가 온전히 나의 것인 것
그런 것들이 좋았어

눈코 뜰 새 없이 바쁘게 며칠이나 지났을까
문득 네가 찾아들더니 내 앞에 계속 일렁였어

그리곤 나에게 집요하게 물었지
우리였던 그날로 돌아가고 싶지 않냐고
후회하지 않냐고
처음부터 시작해보지 않겠냐고

흔들렸어
그래, 사실 네가 없어 공허했다
예전엔 뉴스마저도 재미있었는데
이젠 코미디를 봐도 웃어지지 않는다
너와의 이별을 후회한다
이렇게 외치고 싶었어
웃긴 건 말이야

후회하는데 너에게 휘둘렸던 이전으로
다시 돌아가고 싶진 않더라

그렇게 이별의 열병을 앓다 다시 마음을 추슬러 갈 때쯤
희미하던 네가 점점 밝아지더니
감정이 최고조에 다다른 12월 7일

네가 보낸 한 장의 편지와 함께
울어버렸어

나쁜 놈이라 널 욕하며
그만 울어버렸어

끝없는 반복

김소정

넌 뭐를 하고 싶니
넌 뭐가 되고 싶니

수백 번 아니 수천 번을
머릿속에서 되뇌어

그때마다 내 마음은
온 우주를 떠도는 먼지 같고 ·
계절이 변할수록 떨어지는 꽃잎 같아

그런데 절대 무서워하진 마
계절이 변할수록 다시 피는 꽃잎처럼
뭐가 돼도 돼 있긴 할 테니까

항상 네가 생각하던 그 모습으로

할아버지를 위한 자리

백진주

꼬부랑 할아버지는
등은 꼬부라졌지만 꼬부랑말을 모른다

꼬부랑 할아버지
그 어려운 사자성어, 고사성어
척척 모르는 게 없지만
손녀의 세계에서는 까막눈이 된다

저기는 레스토랑이라고요, 밥 먹는 곳이요!
저기는 마트라고요, 물건 사는 곳이요!
저기는 카페라고요, 커피 마시는 곳이요!

할아버지의 꼬부랑 등은 펼 수 없지만
할아버지를 위해 꼬부랑말은 펼 수 있지 않을까?

결국

송민진

일찍 일어나는 새가
항상 피곤하다
늦게 일어나는 새도
잡을 벌레는 있다

내가
누군가에게
따뜻할 수 있음은
누군가
내게
따뜻했기 때문이었다
그 열에너지가
마음을 데우고
손을 내밀게 했다

마음 둘

에너지 보존 법칙

아버지

김동영

어떤 사람이 있다고 한다

사랑하는 사람을 떠나보내며
그 모습을 감추려 남몰래 눈물을 삼키는
어떤 사람이 있다고 한다

사랑하는 사람을 위해
많은 것들을 희생하면서도
힘든 내색 한번 하지 않는
어떤 사람이 있다고 한다

이런 바보 같은 사람이 어디 있냐며
코웃음을 치던 내 뒤에는
항상
어떤 사람이 있었다

홍시

김서진

커다란 나무
주렁주렁
대봉감

한번 따보겠다고
저보다 긴 작대기로
쑤셔댔다

고집부리는
대봉감에
삐져서는

돌에
오밀조밀 붙은
다슬기에게

가을바람
맞이하는
코스모스에게

꾸덕꾸덕
흙 속 굼벵이에게

"쟤네는 언제
익어서 떨어지냐?"

붉게 물든 대봉감

드디어
홍시 되어
쟁반 위로 올랐다

"얘네 이제
철들었나봐!"
라고 자랑하고 싶은데

어디 갔니
얘들아?

부담

당신들의

괜찮아

넌 할 수 있어

라는

힘을 주는 한마디가

제 어깨를

점

점

더

짓누르는 것은

왜일까요?

열매

김시연

사과나무를 심었다
달고 맛있는 사과를 기대하며
열심히 나무를 길렀다
사랑과 정성을 쏟아 부었다
드디어 열매가 맺혔다

하지만
나무에 매달린 것은
사과가 아니었다

너무나 허탈해서
너무나 서러워서
눈물이 나왔다
내가 한 모든 노력이
물거품이 된 것만 같았다

그러다 눈물을 멈추고
그 열매를 한번 따먹어보았다

그래도 헛된 시간은 아니었던 것일까

나는 나무를 기르는 법을 배웠다
나는 사랑을 주는 법을 배웠다
나는 기다리는 법을 배웠다

무엇보다도
생각보다 그 열매가
참 달고 맛있더라

에너지 보존 법칙

박혜빈

내가
누군가에게
따뜻할 수 있음은

누군가
내게
따뜻했기 때문이었다

그 열에너지가
마음을 데우고
손을 내밀게 했다

그러고 남은 열은
내 안에 남아
조금씩 조금씩
온도를 높인다

언젠간,

천만 켈빈에 이르러

별이 되고 싶다

그러곤

나의 질량을

희망이란 에너지로 바꾸어

온 세상에 전해주고 싶다

에너지는 사라지지 않으니

희망도 사라지지 않을 테니까

빨강

이세영

무슨 색이 제일 좋아?
나는 빨강!

작년엔 노랑이 좋다며?
이젠 빨강이 좋아!

빨간 너의 열정이
빨간 너의 마음이
빨간 너의 사랑이

내 마음을
콩콩 뛰게 하거든

내 동생

강하림

어려서는 차에 푹 빠져
장난감 차를 한 줄로 쭉 세워놓거나
잡지의 차들을 베껴 그리더니
이제는 컴퓨터에 푹 빠져
주위 사람들의 컴퓨터를 손봐주니
방 안에 들어서면 각종 부품들로
발바닥이 따갑다

중학교 일학년 때는 하림이었던 내가
이학년 때부터는 순범이 누나로 불렸다
눕고 싶으면 복도 한가운데 누워버리고
누가 시비를 걸거나 화나게 하면
잘 대처하지 못하는 선생님들의 관심대상

사춘기 육학년부터 일 년, 일 년
엄마 얼굴에는 나이테가 그려졌고
내 마음속 그릇은 넓고 깊어졌다
이제는 갑자기 친구 집에서 잔다고 연락이 와도
수업을 째고 다짜고짜 집으로 와도
아무도 화내지 않는다

그저 언젠가는 깨닫겠지
뭘 해도 나중에는 꼭 될 놈이야
하며 기다리고 있을 뿐

뭐든지 하라는 대로 시키는 대로
열심히 살아왔던 내가
하고 싶은 대로 살아가는 동생을 보면
억울하기도 미워지기도 하지만
지금까지도 변하지 않은
순수하고 악의 없는 그 눈빛을 보노라면
절로 미소가 지어지는 것이
아무래도 난 순범이 누나가 맞는가 보다

시험 전날의 역사공부

김민경

"아, 내가 또 이건 알지. 전두환이 유신했잖아"

"……뭐라고??"

"아…… 아닌가? 박정희야?"

"있잖아, 내가 방금 애들이랑 역사 얘기했는데
전두환이 유신했다고 했다?"

"뭐?? 전두환이 임신을 했다고???"

"……응?"

내성발톱

꼿꼿한 사람만이
매서운 줄 알았다

둥근 사람이
때론 더 무서운 법

처음이라

설재호

날 때부터 나에게 어머니는 어머니였고
아버지는 아버지였다

어머니라서, 아버지라서
바라는 것만 많고, 쏟아내며 살았다

처음 짊어진 책임에 모를 법도 한데
한없이 품는 방법은 어떻게 아셨던가

이제 막 마음을 이해하려는 순간에,
표현하며 살아야겠다는 다짐을 할 때에
후회 가득할 마지막 이별을 겪는단다

왜 생각지 못했을까
부모 이전의 삶이 먼저였던 것을,
그들도 부모로서 처음이라는 것을

역시 처음이라 미숙한 자식이라서
주신 사랑 의미 다 헤아리지 못하겠지만

이별이 가까워질수록 전달되는 마음,

겸손한 사랑을 가르쳐주시려 하셨던 거구나

나무야 나무야

안지환

지구과학 선생님
우리를 나무라셨다
프린트 해온 것들
꼭 보고 시험 치라고

수학 선생님
우리를 나무라셨다
연습장을 막 쓰지 말고
알차게 공부하라고

화학 선생님
우리를 나무라셨다
능력이 뛰어나도
윗사람을 존경하라고

생명과학 선생님
우리를 나무라셨다
미래를 이끌 인재는
더 깊이 공부해야 한다고

영어 선생님
우리를 나무라셨다
새로운 도전에
너무 걱정하지 말라고

너무너무 많은 조언들
감사히 간직하겠습니다
또……

국어 선생님
나를 나무라실 것 같다
이걸 시라고 적었냐?

막이 내리면

정재은

연극이 끝나고 막이 내려와
연극하느라 수고했어

이제 막 뒤에 있는 널 볼 수 없어
난 그냥 까만 막만 물끄러미

……

하……
정말 못됐다

왜 내 눈만 가렸니
귀도 좀 막아주지

진짜 연극하느라 고생했구나

근데 나도 그 연극 좀,
힘들더라

열여덟

박혜빈

어둠에 둘러싸인 운동장 구석에
새카만 먼지를 뒤집어쓴
낡은 축구공이 놓여 있었다

문득,
그게 나 같다는 생각이 들었다

그러다 달리기 시작했다

내게 붙어 있는
세상의 먼지들을 다
떨어내버리고 싶다 생각하면서

하늘을 뒤덮고 있던
잿빛 구름들 밑으로
비가 쏟아졌으면 했다

계속 달리다 보니
내가 가는 게 아니라
땅이 내게로 굴러왔다

숨이 차올라 멈춘 내 입가로
조용한 탄식이 흘러나왔다

탄식은 이내 작은 노래가 되고
곧,
크고 간절한 노래가 되었다

노래는 허공에 울리고
머릿속은 뒤죽박죽이고
공은 여전히 먼지투성이고

바람이 따뜻하고
마음은 벅차오르던,
열여덟의
마지막 달 겨울밤이었다

동화(同化)

이세영

나는 사과가 싫어
나도 사과가 싫어

나는 파인애플이 좋아
나도 파인애플이 좋아

나는 와인색이 좋아
나도 와인색이 좋아

나는 네가 좋아
나도 네가 좋아

수능

김동희

왔다 가기는 한 거니?

속마음

김종권

추운 겨울밤
진짜 너무 추웠지

친구 2명과 천문대에 올라
라면을 먹으면서
별을 보면서

하아……

별이 안 보이네
쫌 보였으면 좋으련만
기다려도 보이지 않아

터벅터벅 내려오는 3명의 발소리
기껏 올라왔더니
라면만 먹고 내려간다

목표달성

겨울이 지나도

그

추위는 남아주라

봄이 지나도

그

씨앗은 남듯이

바람에

흔들리는 지금을

앓고

새로이

봄

번지는 지금을

마음 셋

촛불

가족과 떨어진 시간 동안

한수빈

불빛 축제 같은 거?

그런 게 있었대

뭔진 잘 모르겠다

반짝거리는 게 걸려 있었대

혼자서 구경하며

걷기 좋았대

그렇게나 재밌었을까?

엄마한테 자랑까지 했었대

반짝이는 배경 앞에서

셀카까지 찍어 보냈대

그런데 이게 뭐야

사진이라도 예쁘게 찍던가……

이건 누가 봐도

쓸쓸한 표정이잖아

아버지

조은영

꼭꼭 숨겨라
절대 들키면 안 돼
나는 당신이 무서워

그런데
당신은 누구시기에
바람에 흔들리는 내 몸짓만 보고
내가 숨긴 걸 찾았을까

죄송합니다
고개 푹 숙이고
3
2
1

그때 당신이
나를 밟아버렸다면
나는 꽃이 되지 못했을 거야

당신의 꾸중은 지지대
당신의 사랑과 믿음은

한줄기 빛이 되어
한 모금 물이 되어

이제는
활짝 꽃 피운
당신의 자랑

여름날 교실

박효경

빽빽한 사람들
마주치는 호흡
진득한 공기
나는 그 속에서 너를 보았다

아아, 지겨운 공간 속
단꿈을 꾸게 하는 그대여

그러나 너는
나의 곁에
영원히 머무르지 않는다

붙잡고 싶다
온 마음을 다해
붙잡고 싶다

너의 목을
비틀어서라도
잡고 싶다

나를 떠나가
다른 이에게
눈을 돌린 그대여

차가운 바람만을
남기고 간 그대여

다시 돌아와 주오

이사

김미영

겨울이 봄이 되고
씨앗이 꽃을 피울 때
우린 이사를 준비한다

꼬질꼬질한 슬리퍼를
윤기 나는 새 신발로
다 늘어난 체육복에서
핏 좋은 청바지로
하나둘 바꾸고 나면
우린 이사를 준비한다

포항여고라는 아파트에서
사회라는 단독주택으로
우린 이사를 준비한다

달 그리고……

박주은

당연하다 생각했어
네가 있는 게

당연한 게 당연하지 않게 느껴질 때
난 알았지

혼자 걷는 길
쓸쓸하지 않았던 건
네 덕분이었나 봐

보이지 않을 때조차
늘 곁에 있다는 거
이젠 알지

당연한 게 아닌
기적인 너

항상 고마워

촛불

김영경

겨울이 지나도
그
추위는 남아주라

봄이 지나도
그
씨앗은 남듯이

바람에
흔들리는 지금을
앓고

새로이
봄
번지는 지금을
다시
잃지는
잇지는 말아주라

선로

노지영

뚜
뚜
뚜

12년이 끝나는
종소리

그 긴 시간 동안
기차처럼
그저
앞만 보고 달려왔지

국어도 수학도
영어도 탐구도
모두
어려웠지만

이제
끝났다

이제는
새로운 선로를
따라
가야할 시간

거울

곽민경

힘들어서 울고 싶어지면
원하는 만큼 울어버리고

그 후에 거울을 보면서
최대한 환하게 웃어본다

그 웃는 얼굴을 보면서
다시 희망을 가져본다

겨울바람

조인경

차디찬 겨울바람이 지나간 자리에는
앙상한 나뭇가지만 남았다
말라버린 나뭇잎만 남았다

차디찬 겨울바람이 지나간 나에게는
공허한 마음만 남았다
상처받은 자존심만 남았다

겨울바람이 지나간 자리에
봄바람이 찾아왔고
파릇한 새싹이 돋아났다
향기로운 꽃이 피어났다

겨울바람이 지나간 나에게도
봄바람이 찾아오겠지
설레는 마음이 돋아나고
즐거운 일들이 피어나겠지

그날을 위해

나는 오늘도

겨울바람을 맞는다

Silver Lining

이영민

우리가 숨 쉬는 공기에
더 이상
빛은 없다

이제 우리가 빛을 들자
아직
희망은 있다

위로

강진희

내 존재도 모를,
내게는 뚜렷한,
노란색 민들레

8반

김세은

높은 자리에 오르려 말고
깊은 자리에 머물려 하길

짝지에게

류승아

어제, 너 내 방석 터진 거 보고
야자 때 쌤 몰래몰래
테이프로 붙여놨잖아
덕지덕지 방석을 보고
괜한 웃음이 실실 나오데

오늘 아침 가방 속에서
'어제 집 가자마자 챙겼어' 하며
실과 바늘을 꺼낸 너

그 하얗디 하얀 실조차
네 마음보단 못 하얗더라

방석 꼼지락 꼬매주고
실반지 만들어 손가락에 끼워주고
실뜨기하자며 실을 끊은 너

못 잊을 거야 벚꽃나무 밑에서 재잘재잘
같이 꽃잎 받던 오늘

앞으로 벚꽃이 피면

하얀 실과 더 하얀 네 마음이 보일 것 같아

양파

안예은

까도 까도 새롭다는 양파

사람들은 가끔
계속되는 매력에
혹은 파헤쳐도 끊임없이 나오는
충격적인 모습에
'양파 같은 사람'이라고들 한다

까다보면 눈물이 나는 양파

사람들은 종종
가슴 뭉클한 감동에
혹은 마주하기 힘든
슬픈 현실에
눈물을 흘리곤 한다

인생은
양파의 모습과 닮아 있다
눈물과 새로움이 공존하는 곳

그러나
양파의 껍질도
결국 끝이 있으며
흘리던 눈물도

그치게 되는 순간이 있다

다 각자 마음에
양파 하나씩 품고 산다
울고 웃고
쓰라리게 까면서

이영아

이지은

내 곁에 있는 게 익숙해진 사람

돌려주고 싶은 게 많은 사람

고마운 만큼 미안한 사람

내 뒤에 있어 주는 사람

함께하고 싶은 사람

날 믿어주는 사람

사랑하는 사람

우리 엄마

우리는 하나

오채은

한 몸에서
서로 갈려
다른 몸이 된
엄마와 나

고통스런 시련,
큰 바람이 불어와도
언제나 쓰러지지 않게

언제나 한 몸인 양
세상 가장 든든한
방패막이 되어주시는 엄마

쓴 것만 알아
쓴 줄을 모르는 엄마
단것만 알아
단 줄을 모르는 나

이제는
내가 그대의
방패막이고 싶다

이제는
단것을
드리고 싶다

벚꽃이 필 무렵

그런 만남이 있었다

닭가슴살같이

퍽퍽하고 무뚝뚝한 이과생과

감성육즙으로 무장한

닭다리살 같은 담임선생님

그 조합 꽤 괜찮았는데

여고생이라는 이유만으로

길바닥에 퍼질러 웃어도

예뻤고

가끔 한 번쯤은

감수성이 차올라

눈물을 흘리기도 했었다

마음 넷

그런 만남이 있었다

염원

이지수

아침이 되면
그곳에서는 영어 말이 울려 퍼졌다
하루의 시작을 알리는 종이었다

그곳에는 열아홉들이 있었다

모두 다른 곳에서 왔고
생김새도 달랐으며
쓰임새도 달랐던 그들은

같은 포장을 한 채로
네모반듯한 책상에서
그렇게 저마다의 11월을 기다렸다

말라비틀어진 해면마냥 거칠다가도
공기 중을 먼지처럼 부유하는
감정들을 들이마시면
그들은 물에 젖은 솜마냥 먹먹해졌다

그러다 한없이 먹먹해지면
불어터진 라면처럼 끊어지고
소금물을 토해내는 것이
그들의 일상이었다

좀처럼 오르지 않는 숫자에 대한 설움이 있었고
온전히 제 것이 되지 못한 꿈에 대한 갈망이 있었고
11월의 따뜻함을 향한 염원이 있었다

그런 열아홉들이 그곳에 있었다

방

오혜림

항상 메고 다니던 가방
야자 끝나고 가던 공부방
교실에 빵빵하던 냉방 난방
이제 모두 해방

내 몸속에 가득 찬 지방
너는 추방

그런 만남이 있었다

장예진

벚꽃이 필 무렵
그런 만남이 있었다

닭가슴살같이
퍽퍽하고 무뚝뚝한 이과생과
감성육즙으로 무장한
닭다리살 같은 담임선생님

그 조합 꽤 괜찮았는데

여고생이라는 이유만으로
길바닥에 퍼질러 웃어도
예뻤고

가끔 한 번쯤은
감수성이 차올라
눈물을 흘리기도 했었다

매년 벚꽃이 다시 피면
벗과 꽃이 하나 되는
그런 만남이 생각나겠지

먼 훗날
'그때 그 시절'이
되어 있을
지금 이 순간

시장

김정민

할머니 손잡고 돌다리 건너서
작은 산을 하나 넘어서 도착한 시장

할머니가 나물을 다 팔 때까지 옆에 앉아서
힐끔힐끔 저기서 파는 풀빵을 바라본다

할머니는 내가 몰래 보는 걸 어떻게 알았는지
나물을 팔고 얼마 안 되는 돈으로 내 풀빵을 사주신다

할머니도 이제 안 계시고 풀빵도 이제 안 팔지만
내 마음엔 할머니의 사랑과 풀빵의 온기는 여전히 남아 있다

봄

김현아

너를 눌러 봄
너를 쳐다 봄
너를 계속 봄
너에 빠져 봄
수능 망해 봄

이젠 안녕

문가형

아직은 너를 보낼 수 없다

날 들었다 났다 하던 너

미운 정 고운 정 들어서

아직은 너를 못 보내

나의 유일한 희망

나의 밀당 상대

나의 목표

모의고사

안녕 컴싸

안녕 필적확인

안녕 OMR 카드

하지만 이젠 보낸다

미운 정 고운 정 들어서

날 들었다 났다 하던 너

이제는 너를 보낼 수 있다

내 편

송수진

4살 땐 슈퍼영웅이었다가
10살 땐 그냥 영웅이었고
15살 땐 화풀이 대상이었고
19살 땐 영원한 내 편인 걸 알았다

죄송스럽고 감사한 마음을 표현하기에는
입이 천 개라도 모자라다

마음과 다르게 모진 말만 해서
죄송스럽고
그럼에도 불구하고 항상 내 편이어서
감사하다

아버지는
세상에서 가장 든든한 내 편이자
세상에서 가장 최고인 내 편이다

낡은 사진 한 장

박효원

방 치우다 발견된 상자 하나
상자 속엔 추억들이 한 꾸러미
먼지 쌓인 빛바랜 앨범들

갈매기들과 함께 뛰놀던 어린 시절
어부바를 좋아했던 어린아이
블랙홀처럼 빠져드는 그 아이의 기억

문득 발견된 낡은 사진 한 장
눈가에 주름이 깊이 팬 어른 둘
아무것도 모르는 순수한 철부지 아이 둘

표정 없는 사진관 사진보다
헤진 옷에 함박웃음 띤 가족사진
빛바랜 소중한 가족사진 한 장

빈자리

안시현

내 얼굴이 거울에 비치듯
내 속을 훤히 비춰주면
괜히 찔려서 결국
소리가 커지고 만다

꼭 후회하면서

다 알고 있으면서
상처가 될 거라는 걸 느끼면서
또 하나의 대못으로
기억에 상처를 내고 만다

꼭 미안해하면서

없어야 느끼는 소중함
엄마의 빈자리를 생각한다
정말 빈자리가 생긴 듯
마음이 아프다

잎

오옥영

한 가지에서 나고
바람 맞으며
푸르러지는

둘 모두 곱슬한 머리칼
물고 뜯거나 말거나
같은 것을

결국 마지막은 둘인 것을
알면서도 모르는 척하는
여린 잎 둘

네잎클로버

윤경은

난 네가 특별한
네잎클로버보다는

어디든 있는
세잎클로버가 됐으면 좋겠다

무슨 말인지 알겠지?
튀려고 하지 말고
물 흐르는 듯한 삶을 살라는 거야

슈퍼맨은 한결같이 그 자리에 있었다

최정민

요즘 TV 프로그램 중에
'슈퍼맨이 돌아왔다'라는 게 있는데
재미있긴 하더라만
개인적으로 그 제목 마음에 안 든다

아빠가 어딜 갔다 왔다고
돌아왔대

우리 아빠는 보고 싶어도 못 보는 그런 사람이었고
지금 그런 삶을
10년 넘게 살고 계시지만

그래도 우리 아빠는
계속 내 맘속에 있었는데

고만 불러라, 가시나야

최효정

언!니!
허리에 손 짚고 서 있다
또 교복 치우라고 하겠네
아씨, 맞는 소리만 하니까
뭐 반박도 못 하겠고

언~니!
폴짝 뛰어오면서 내한테 앵긴다
무섭다 이럴 때마다
뭘 부탁하려고 오는고
어디 가자고 계획 세웠는고

언니!
짧게 날 부르고는 나랑 눈 마주칠 때꺼정 서 있다
손에 먹을 게 들려 있네
아이구 귀여버라
니 뿌듯한 얼굴 덕에 더 맛있다

......

토요일 저녁 TV 앞으로 말없이 모인다
TV는 역시 같이 봐야 꿀이지
무한도전 짱 좋아
니랑 봐서 더 재밌다

언니-
껌껌한 어둠 속에서 속삭인다
'오늘 내가~'로 시작하는 이야기
아, 잠 다 깼노
그래도 내 입가엔 미소가

지각

김은영

오늘도 전화가 온다
일어나라는 엄마의 전화

"어이구, 일어나야 되는데"
나는 일어나지 못한다
오늘도 늦잠을 자고 지각을 한다

눈치를 보며 교실을 들어가면
하얀 선생님이 빨갛게 화를 내고 계신다

그리고 전화가 오고
걱정스런 목소리로 엄마가 얘기한다

"미안해. 엄마가 깨워주지도 못하고"
아침 일찍 돈 번다고 회사 간 엄마의 사과
미안하다는 말이 날 더 미안하게 만든다

괜찮아

임수진

어쩌다 너를 만나게 된 걸까
지나가버린 순간 앞에 두 눈을 감는다

그렇게 너의 손 놓지 않았다면
우린 함께였을까

아니란 걸 알면서도
나의 물음엔 대답조차 못하고

순간을 견디지 못한
다 내 잘못이야

손끝을 스치는 고요한 떨림에
그저 작은 너의 소리에 행복했던

내 세상엔 너무도 소중했던
너의 흔적들

너와 내 이별이
허무할 뿐

조용히 그리운 마음만 둘게

가끔씩 생각나는 날도
이젠 괜찮아

걱정

김나영

밥 좀 마이 무라
고거 묵고 배가 차나
뱃가죽이 등떠리에 들러붙겠다
아프긴 와 아프노
대신 아파줄 수도 없는데
퍼뜩 약 먹고 불 올리가 자라
공부 1등 하면 머하겠노
안 아프고 착한 게 그만이다
또 장갑 안 끼제 손 시렵구로
추브니까 옷 단디 입고 다니라

그카는 아빠는,
와 아프고 그러노
대신 아파줄 수도 없는데
인자 내 다 컸으니까
내 걱정 말고
아빠 몸부터 챙기라

시집 만들기 프로젝트 수업하기

1. 수업의 목적

가. 수능 이후 교과진도의 여유 시간을 활용하여 학생 중심 의 글쓰기 체험 및 결과물의 서책화를 통하여 국어교육 의 본질에 접근

나. 학생들의 자아존중감과 공감 능력을 키울 수 있는 기회 를 제공함으로써 인성교육에 이바지

다. 글쓰기 활동을 통해 자신을 되돌아보게 하고 고등학교 생활을 의미 있게 마무리할 시간을 제공

2. 수업의 방향

가. 학생 중심의 수업을 설계하여 학생들의 적극적인 참여 를 이끌어 냄

나. 수능 이후의 수업 시수를 확보하여 충분한 시간을 학생 들에게 제공

다. 학생들이 활동 과정에 진지하게 참여하도록 유도하고, 개인 결과물을 수합하여 공동 서책으로 제작

3. 수업 내용

가. 수업 절차(10~14차시)

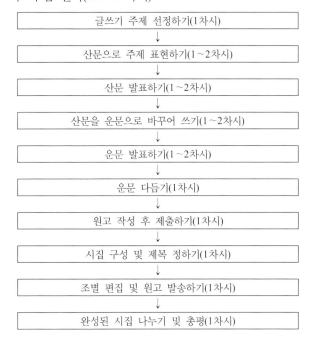

글쓰기 주제 선정하기(1차시)
↓
산문으로 주제 표현하기(1~2차시)
↓
산문 발표하기(1~2차시)
↓
산문을 운문으로 바꾸어 쓰기(1~2차시)
↓
운문 발표하기(1~2차시)
↓
운문 다듬기(1차시)
↓
원고 작성 후 제출하기(1차시)
↓
시집 구성 및 제목 정하기(1차시)
↓
조별 편집 및 원고 발송하기(1차시)
↓
완성된 시집 나누기 및 총평(1차시)

나. 세부 수업 계획

1) 대상: 3학년 학생

2) 시기: □□년 ○○월 △△일~□□년 ○○월 △△일

3) 장소: 교실 및 도서관

4) 방법: 수업 절차를 바탕으로 교사와 학생이 자유롭게 의견을 교환하여 수업 설계를 한 후, 이에 따라 학급 의 특색에 맞는 시집을 만들도록 함

4. 수업의 실제

가. 글쓰기 주제 선정하기
　　1) 국어시간 혹은 자율활동 시간 등을 통해 주제를 선정함
　　2) 주제는 학생들이 공감할 수 있는 친숙한 것으로 정함

나. 산문으로 주제 표현하기
　　1) 해당 주제에 대해 산문으로 표현할 때는 형식에
　　　 구애받지 않고 자유롭게 쓰도록 함
　　2) 학생들에게 충분한 시간을 주어 글쓰기에 대한 부
　　　 담감을 최소화함

다. 산문 발표하기
　　1) 학생들이 쓴 산문을 다른 친구들에게 발표하도록 함
　　2) 발표 후에는 발표자의 글에 대해 학급의 친구들이
　　　 다양한 의견을 나눌 수 있도록 함

라. 산문을 운문으로 바꾸어 쓰기
　　1) 운문의 특징을 간략하게 교사가 설명한 후 선배의
　　　 글(이미 활동한 자료 등)을 제시함
　　2) 자유로운 표현을 중시하되 지나친 욕설이나 정체불
　　　 명의 언어는 사용하지 않도록 주의함
　　3) 고쳐쓰기 전 단계이기 때문에 학생들이 운문에 대
　　　 한 부담감 없이 편안하게 쓸 수 있도록 유도함

마. 운문 발표하기

　1) 학생들이 쓴 운문을 다른 친구에게 발표하도록 함

　2) 발표 후에는 발표자의 글에 대해 학급의 친구들이 다양한 의견을 나눌 수 있도록 함

바. 운문 다듬기

　1) 교사가 고쳐쓰기 단계에서의 유의점을 설명한 후 그것을 바탕으로 학생들이 수정함

　2) 고치기 이전 글과 고치고 난 후의 글을 비교하여 어떤 점을 다르게 표현했고, 어떤 효과를 얻을 수 있는지 설명하도록 함

사. 원고 작성 후 제출하기

　1) 산문과 운문을 최종적으로 수정한 후 한글프로그램을 이용해 원고를 작성하도록 함

　2) 교내 컴퓨터를 사용할 수 있는 컴퓨터실이나 진학 정보실 등을 이용하여 작성하도록 하고 원고는 지정된 양식에 맞도록 주의시킴

　3) 작성된 원고는 교사의 이메일(E-mail)로 전송하거나 학급컴퓨터가 있는 경우는 USB를 활용하여 그곳에 저장할 수 있도록 함

아. 시집 구성 및 제목 정하기

　1) 학급회의를 통해 시집 구성에 대한 협의를 함

　2) 시집 크기 정하기, 시집 제목 및 소제목 정하기, 시집 표지 정하기, 목차 정하기, 시집의 구성 순서 정하기, 추천글 쓸 사람 선정하기 등을 협의함

3) 시집을 만드는 과정에서 느낀 점, 1년 동안 학급 친구들과 함께하면서 기억에 남았던 일, 친구들에게 하고 싶은 말 등 학급 실장과 부실장에게 시집의 첫 부분과 끝 부분에 싣게 될 글을 부탁함

4) 담임교사는 시집을 읽고, 시집에 대한 내용을 해설하는 형태로 글을 써서 실으면 더욱 의미 있음

5) 담임교사 그리고 부담임교사의 경우 학생들에게 전하고 싶은 말을 글로 준비함

자. 조별 편집 및 원고 발송하기

1) 학급회의에서 정한 편집 방향을 기준으로 조장이나 학급 간부와 함께 편집함

2) 시집을 만들 업체를 정하여 편집에 참여한 조장이나 학급 간부와 함께 업체를 방문하여 학생들의 의견이 잘 반영될 수 있도록 전달함

3) 업체에서 시집 초본이 만들어지면 학생들과 점검한 후 인쇄를 함

차. 완성된 시집 나누기 및 총평

1) 졸업식 선물로 학생들에게 나누어 주고 시집 만들기에 대한 생각을 나눔

2) 학급시집 만들기 활동에 대한 설문지를 작성하도록 함

5. 수업의 사례

가. 글쓰기 주제 선정: 지난 19년 동안 나에게 가장 소중한 존재나 기억에 남은 사건

친구	어머니	약속	돈	이해심
USB	농구	성경	아버지	자아(자신)
동생	하나님	여자친구	사랑	형
언니	고향집	외할머니	지각	연애편지
거제도	아이패드	꿈	신발	선생님
할아버지	사진	욕망	강아지	네잎클로버
대학교	이상형	우정	오해	우리 반

나. 산문과 운문으로 표현하기

민지

포항여고 3학년 ○반 ○○○

　3학년에 처음 올라온 날. 초등학생처럼 얼굴이 동글동글한 아이가 두 볼이 살짝 붉어진 채로 조용히 공부를 하고 있었다.

　4번 이○○

　나만큼이나 흔한 이름에 평범한 겉모습. 처음에는 크게 관심을 가지지 않았다. 그냥 같은 반이라서 밥 몇 번 같이 먹고, 같이 이 닦고, 같이 공부하고…… 그렇게 한 달쯤 지났을까? 시간이 가면 갈수록 '얜 뭐지?' 하는 생각이 들었다.

　외모는 완전히 초등학생인데 생각하는 건 나보다 훨씬 더 어른 같고 또 입시 상담을 하고 나서 엉엉 울 때는 다시 영락없는 어린아이가 되고, 자율학습 시간에 공부하는 모습을 보면 전형적인 여고생(민지가 제일 좋아하는 말) 같고…… 조그마한 체구에 다양한 매력을 지닌 그 아이에게 나는 점점 호기심이 생겼다. 이후 나는 민지와 더 가까워지고픈 마음에

먼저 다가가기 시작했고 한 해가 저물어가는 지금은 반에서 가장 가까운 사이가 되었다.

부모님께 잘하고 가족들과 친하게 지내는 민지, 나처럼 교사가 꿈인 민지, 아이들을 좋아하는 민지, 당근을 좋아하고 토마토를 싫어하는 민지, 강아지를 좋아하는 민지, 떡을 잘 파는 민지, 눈물이 많은 민지, 김기민 선생님을 좋아하는 민지, 동지여중을 나온 민지, 독설을 잘하는 민지, 내 친구들의 친구인 민지, 아기 같은 민지, 잘 웃는 민지, 개그코드가 남다른 민지, 듀엣 곡을 좋아하는 민지, 몸이 약한 민지. 어느새 민지에 대해 이렇게 아는 것이 많아졌지만 사실 내가 가장 좋아하는 민지는 '나와 다른 민지'이다. 정확히 말하면 '나를 변화시키는 민지'이다.

나는 예전부터 주변 사람들로부터 '냉정하다, 차갑다, 다가가기 어렵다, 싸가지가 없다, 자기 일밖에 모른다, 너는 나를 싫어하는 것 같다, 빈틈이 없다' 등등 사람이 경직되어 있다는 식의 말을 참 많이 들었다. 나는 그렇게 행동하는 것이 편했고 성격에 단점이 많은 것을 알고 있었지만 고칠 생각을 하지 않았다. 나와 다른 성격의 사람들을 만나면 내가 그들에게 맞추려고 노력하지 않았으며 내 성격과 맞는 사람이 다가오면 다가오는 대로, 맞지 않아 떠나면 떠나는 대로, 사람들에게 집착하지 않았고 환경에 의해 쉽게 동요되지도 않았다.

그런데 민지를 만나고 나서 불과 몇 달 만에 내 성격이 변해가는 것을 느낄 수 있었다. 모든 사람들에게 밝게 웃으며 싫은 소리 한 번 하지 않고 늘 고분고분한 민지. 그런 민지랑 1년 가까이 지내다보니 내 성격도 차츰 둥글어지기 시작했고 완전히는 아니지만 전에 비해 밝고 부드러워졌다는 이야기를 많이 듣게 되었다. 정확히 민지의 어떤 점이 나를 동화시켰는지는 알 수 없지만 한편으로는 고맙고 또 한편으로는 신기하기도 하다.

느릿느릿 말하는 점이 개그콘서트의 오성과 한음과 비슷해 서로의 오성과 한음이 되기도 했고, 내가 얼굴이 빨개질 땐 고구마를 닮았다며 나를 나구마라 부르기도 했고 지나치게 정갈한 내 가르마를 놀린다며 나르마라고 부르며 깔깔 웃던 너. 지금 내 옆에 앉아 너의 소중한 것에 대한 글을 쓰고 있는 너. 나는 니가 좋다. 김 선생님, 아줌마 돼도 연락합시다잉.

이름이 평범하니~

포항여고 3학년 ○반 ○○○

이름이 평범하니 외모도 무난하다
초딩의 겉모습에 노인 같은 생각이라
작은 몸 천 가지 얼굴 그 매력이 가이없네

부모님께 효도하고 형제와 다정다감
어린 백성 가르치려 초등교사 꿈이라네
이 민지 저러한 민지 그 모습이 하도할사

그중에 최고민지 나와 다른 민지라네
만인에 환히 웃고 싫은 소리 아니하니
뉘라서 미워할까 나영이도 감흥하네

다. 시집제목과 시집표지

6. 해설쓰기 방법

가. 학생들의 작품 한 편은 언급될 수 있도록 함

나. 학생들의 작품을 분류하여 4~5개의 항목으로 나눔

다. 학생들의 작품을 언급하여 자연스럽게 글이 이어지도록 구성함

라. 학생들에게 전하는 메시지를 학생들의 작품을 이용하여 씀

7. 수업의 유의점

가. 학생들이 학급시집 만들기 활동에 대한 거부감을 줄일 수 있도록 시집을 만드는 이유 등을 미리 안내

나. 수능 이후 학급별 자체 회의를 통해 시집 구성이나 시집 제목 등을 정할 때는 학급구성원이 모두 참여하여 정할 수 있도록 유도

다. 수업 중에 교사는 학생들 스스로 생각하고 표현할 수 있도록 유도하고, 학생들이 적극적으로 참여할 수 있도록 격려

마음과 마음이 만난 자리

손창원(포항여자고등학교 교사)

1. 고3=수능!

애틋하다. 벌써 5년째이다. 정든 학교를 떠나야 한다.

그런데 난 떠나기 싫다. 그들이 너무 좋다.

포항여고에서 19살 청춘들과 내내 보냈다. 함께 '나태주'와 '백석'의 시를 읽고, '플라톤'의 국가와 '아인슈타인'의 상대성이론을 읽었다. 때론 '가느다란물방울' 같은 이상한 말을 외우기도 했다. 그런데 우리들은 무엇을 위해 3년 내내 국어를 공부했을까? 개인의 삶을 성찰하고 사회를 바라볼 수 있는 안목을 기르기 위해서??? 아니다. 고3에게는 교육과정은 멀고, 수능은 가깝다.

> 국어에 싫증이 난 날에는
> 수학을 풀고
> 수학에 싫증이 난 날에는
> 영어를 풀어야 했다
>
> 그러고도 남는 날에는
> 사탐을 풀어야만 했다
>
>   -「고3이 사는 법」(박예지) 전문

아침밥을 먹고 한 시간이 지나고
꼬르륵

점심밥을 먹고 한 시간이 지나고
꼬르륵

저녁밥을 먹고 한 시간이 지나고
꼬르륵

아무리 넣어줘도 계속 아우성치는
내 위장

- 「꼬르륵」(곽은혜) 전문

    인문계 고등학교 고3에게 하루는 국어이고 수학이고 영어이며, 탐구이다. 그러고도 남는 시간에는 먹고 자야 한다. 그들이 쉼 없이 먹는 이유에 대해 진지하게 생각해본 적이 있다. 모자람이 있으면 채워야 한다. 점수에 대한 허기를 채우기 위해 그들은 몇 마리의 닭을 먹었을까? 몇 번의 모의고사, 그리고 폭식. 그렇게 시간을 보내다보면 D-day 달력은 점점 얇아진다. 그러다 보면 고3들은 수능에 대해 이중적인 감정을 갖게 된다. **'조금만 더 빨리 오기를 // 조금만 더 천천히 오기'(「수능」(최효리) 전문)**를 바라는 이중성. 그렇게 복잡한 마음속에서 그들은 수능 이틀 전, 마지막 야간자율학습을 한다.

2일 전, 우리의 바람은 높게 부풀어 하늘을 쏘다녔고
2달 전, 우리의 길은 두 갈래 나뉘어 서로 인사했고
2년 전, 우리의 마음은 새로운 반짝임으로 시작을 맞이했다

오늘로부터
그때의 마음으로
다시
아름다운 시작에 꽃피울 것을
검은 점찍어
다음 해에게 보낸다

- 「수능」(남현지) 전문

  인문과 자연반으로, 수시와 정시로.

  그렇게 하나였던 아이들이 나뉘면서 각자의 길을 걸었다. **'여러 갈래로 나뉜 길을 보며 / 왔던 길을 돌아보지만 / 아무것도 보이지 않는'**(「질주」(김은지) 부분) 불안함이 있었다. **'햇빛 하나 허락하지 않는'**(「그림자」(이종현) 부분) 막막함이 있었다. 하지만 그들은 **'끝없이 쏟아지는 장맛비 / 세차게 내리는 비를 뚫고 자라는 어린 새싹'**(「오늘 날씨는 맑음」(김하은) 부분)처럼 **'쓰러지고 젖어가며 이겨'**냈다. 그리고 수능 이틀 전 마지막 야간자율학습 시간에는 다시 하나가 되어 서로 마주보며 '힘내'를 외친다. 꿈과 희망을 함께 묶어 하늘로 날린 풍선을 보며 서로 울고 웃는다. 지난 시간을 돌아보면 **'힘들어도 불안해도 포기하고 싶어도 펜을 들'**(「니까」(이은진) 부분) 수밖에 없었다. 고3이니까.

난 평소에 너 때문에 할 수 없었던 게 너무 많았어
넌 나의 모든 시간이 너의 것이길 바랐고
넌 내가 너의 기준에 맞지 않는다 말했어

2016년 11월 17일 / 너와 헤어졌어

- 「B의 경우」(박민정) 부분

모든 것을 수능에 맞추어 지난 1년을 살아왔다. 그래서 그들은 충분히 격려받아 마땅하다. **'결과가 어떻든 / 지금까지 잘 달려줬으니까 / 수고했어'**(「니까」(이은진) 부분)

2. 친구와 가족, 그들의 버팀목

잡목 숲이 아름다운 건
두 나무가 기대어 선 각도 때문이다
아카시아에게로 굽어져 간 곡선 때문이다

아카시아의 죽음과
떡갈나무의 삶이 함께 피워낸
저 연초록빛 소름

　　　　　　　　　 -「쓰러진 나무」(나희덕) 부분

힘든 시기를 이겨내는 여러 방법이 있다. 그중에서 최고의 방법은 연대의식을 갖고 함께 이겨내는 것이다. 우리는 혼자 살아가지 않는다. 함께 손을 맞잡고 가다보면 덜 힘들다. 그래서 고3 교실 안은 따뜻하다. 그들의 마음이 만나는 자리는 애틋하다. 그렇게 그들은 서로에게 버팀목이 되어 힘든 시간을 꿋꿋하게 이겨냈다.

세 번째 봄이 돌아왔을 때
서로가 헤어졌던 그곳이 아닌
서로가 다시 만난 이곳에서
너 해바라기
나 해바라기
새로운 싹을 피워

같은 곳을 바라보는, 그런 존재가 되고 싶다

　　　　　　　　　　　- 「그런 존재」(김미영) 부분

월화수목금토일
아침점심저녁을 함께하고
바라만 봐도 웃음 나는
나를 나보다 잘 아는 너
이제 곧 헤어지겠지만
새로운 세상에 설레며 나아가 보자

넌 좋은 친구이고,
좋은 친구가 있는 나도 좋은 사람일 테니
겁날 건 없지

　　　　　　　　　　　- 「나아가」(권미나) 전문

　군이 알려주지 않아도 그들은 잘 이겨내고 있다. 비록 **'겁이
많고 영악해도 / 여자 마음을 잘 알아주는 이해심이 있'(「좋은
점」(장혜수) 부분)**는 친구 덕분에 기운내고 있다. 또한 **'옆자리
에 있지 않아도 / 우리는 / 하나의 틀 안에서 / 하나의 그림이
될 것'(「함께하는 퍼즐」(하진서) 부분)**을 분명히 알고 있다. 그
리고 **'니네가 행복하면 나도 행복해. 정말이야'(「언제쯤」(손효
정) 부분)**라고 말하는 진심도 있다.

혼자 걷는 길
쓸쓸하지 않았던 건
네 덕분이었나 봐

보이지 않을 때조차
늘 곁에 있다는 거

이젠 알지

당연한 게 아닌
기적인 너

항상 고마워

　　　　　　　　　　　-「달 그리고……」(박주은) 부분

먼 옛날
어두운 밤 방향을 화안히 밝혀주는
길잡이별이라 불리던 별

그대는 나에게 그런 사람이다

　　　　　　　　　　　-「북극성」(최은비) 전문

　한편 친구가 학교에서의 버팀목이었다면, 학교 밖에서는 가족
(집)이 버팀목이다. 한 집에 고3이 있으면 온 가족이 수험생이
다. 아빠는 술자리를 끊었고, 엄마는 드라마를 끊었다. 우리가
힘들었던 만큼 그들 또한 고단한 한 해를 보낸다. 오히려 우리
보다 더 고3 같은 생활을 한 엄마, 아빠. 돌아보면 우리가 고3
을 잘 보낼 수 있었던 중요한 이유는 우리의 편안을 위해 그들
이 불편을 감수했기 때문이다. 지난 삶을 돌아보면서 자연스럽
게 그들의 희생을 깨우친다. **'착하고 성실한 아빠의 상처를 보
기'**(「용광로」(서어진) **부분**)도 하고, **'엄마한테 혼날 때도 눈치
보면서 슬며시 내 편 들어주는 아빠에게 무뚝뚝한 막내딸이 이
시집 거실에 툭 던져놓을 테니 꼭 보'**(「시가 아닌 편지」(김민지)
부분)라고 말하기도 한다. 그리고 이제 딸은 **'너까지 품을 수 있
을 수 있는, 그런 큰 하늘이 되고 싶다'**(「엄마」(오주영) **부분**)고

자신의 꿈을 고백하기도 한다.

> 수능을 앞두고 가장 많이 했던 말은
> 공부하기 싫다, 피곤하다도 아닌
> 집에 가고 싶다
>
> — 「집으로 가는 길」(최수현) 부분

> 괜찮다고 자다가 깰 필요 없다고 해도
> 해줄 게 이것뿐이라는 말에
> 쌀쌀한 밤에도 마음이 스르륵 녹는다
>
> 지나간 1년, 혼자 하는 귀가는 얼마나 길게 느껴졌을까
>
> — 「12시 8분」(안현솔) 부분

3. 수능이 끝난 뒤

그들은 과연 어떤 모습일까? **'마음의 여유가 생겨 시를 쓴다'**(「시」(서진유) 부분)는 친구도 있고, **'온통 내 머릿속에 휴대폰'**(「사라져버린 휴대폰」(박혜희) 부분)만 생각하는 친구도 있다. 하지만 대부분은 조마조마한 마음으로 수시 발표를 기다리고 정시 전략을 짠다. 물론 중간 중간에 다이어트도 하고, 알바도 하면서 관심을 돌리기도 한다. 하나둘 합격자 발표가 나면 교실 안은 합격한 친구가 있는 반면에 불합격한 친구도 생긴다. 합격한 친구에게는 축하를, 불합격한 친구에게는 위로를 건네지만 축하보다 위로는 어렵다. 대입의 성패가 곧 그들의 삶의 성패가 아님을 믿고 싶다. 하지만 교사의 걱정보다 그들은 성숙하게 현실을 수용한다. **'하고 싶은 건 많은 내가 넘어야 할 많은**

산들 중 어느 하나라도 오르고 있는지를'(「이 다음에」(조인경)
부분) 성찰한다. 또 실패가 너무 '**힘들어서 울고 싶어지면 원하
는 만큼 울어버리고 환하게 웃으며 다시 희망을 갖기**'(「겨울」
(곽민경) 부분)로 한다. '**괜찮다 / 그럼에도 불구하고 / 삶은 괜
찮다 / 괜찮아질 거다**'(「그럼에도 불구하고」(박효경) 부분)라고
스스로 위로한다. 그리고 지금의 상처가 새살이 돋을 때면 또
한 뼘 자란 자신의 모습을 꿈꾸기도 한다. 항상 생각했던 그 모
습으로.

> 겨울바람이 지나간 자리에
> 봄바람이 찾아왔고
> 파릇한 새싹이 돋아났다
> 향기로운 꽃이 피어났다
>
> 겨울바람이 지나간 나에게도
> 봄바람이 찾아오겠지
> 설레는 마음이 돋아나고
> 즐거운 일들이 피어나겠지
>
> 그날을 위해
> 나는 오늘도
> 겨울바람을 맞는다
>
>   - 「겨울바람」(조인경) 부분

> 넌 뭐가 되고 싶니
>
> 수백 번 아니 수천 번을
> 머릿속에서 되뇌었어

그때마다 내 마음은
온 우주를 떠도는 먼지 같고
계절이 변할수록 떨어지는 꽃잎 같아
그런데 절대 무서워하진 마
계절이 변할수록 다시 피는 꽃잎처럼
뭐가 돼도 돼 있긴 할 테니깐

항상 니가 생각하던 그 모습으로
- 「끝없는 반복」(김소정) 부분

4. Silver Lining

지난 3년 동안 그들은 저마다의 꿈을 위해 열심히 살았다. 꿈을 '**쳐다보았지만 닿지 않았고 손을 모았던 기도는 한낱 위로일 뿐**'(「**꿈 1」(황시온) 부분**)이지만 삶의 의미를 찾기 위해 부단히 노력했다. 그러던 중 그들은 지진을 만나고 사람들은 촛불을 들었다.

친구와 영원히 못 보는 줄 알았다

눈 떠보니 들리는 구급차 소리
정신 차린 후 깨달은 많은 친구들의 도움
나도 모르게 눈물이 났다
- 「지진」(김나정) 전문

1.

나라 없는 날들을 살아가며
빛을 노래하던 영혼들이 있었다

다시,
자유 없는 날들을 살아가며
태양을 노래하던 영혼들이 있었다

2.

다시,
그들의 돔 속의 그들의 나라, 그들의 자유를 위해 우리 없는
날들을 살아가며
너와 내가 불을 댕길 때

　　　　　　　　　　- 「광화문을 보며」(이소정) 전문

　누가 알려주지 않더라도 사회를 바라보는 시선이 성숙하다.
어리다고 치부할 일만은 아니다. 그들 또한 지난 19년의 삶을
살아온 주체적 인물이다. 그리고 타인과의 관계도 잘 맺는다.
잠시만 그들과 이야기해보라. 공감능력은 최고다. 함께 웃다가
도 금방 같이 울어줄 수 있는 그들이다. 학교생활에서도 선함이
묻어난다. 앞문에서 본 학생이 뒷문에서 다시 인사하는 것은 기
본이다. 그러니 어찌 예쁘지 않을까? 다음 시는 할아버지를 위
한 착한 마음이 잘 드러난다.

꼬부랑 할아버지는
등은 꼬부라졌지만 꼬부랑 말을 모른다
(중략)
할아버지의 꼬부랑 등은 펼 수 없지만
할아버지를 위해 꼬부랑 말은 펼 수 있지 않을까?

　　　　　　　　　- 「할아버지를 위한 자리」(백진주) 부분

그들에게 희망을 본다. 그들이 살아갈 세상은 좀 더 정의롭기를 바란다. 햇빛이 구름 뒤에 있을 때 구름 가장자리에 생기는 은색 선처럼 그들이 우리 사회의 'Silver Lining'임을 믿는다.

> 우리가 숨 쉬는 공기에
> 더 이상
> 빛은 없다
>
> 이제 우리가 빛을 들자
> 아직
> 희망은 있다
>
> — 「Silver Lining」(이영민) 전문

5. 스무 살=꽃길?!

찬란했던 10대의 끝에 그들은 서 있다. 그들에게 졸업은 어떤 의미일까?

> 백 명의 사람 중 아흔아홉 사람이 떠나도
> 내 곁에 남을 진정한 친구를 얻었고
> 평생을 잊지 못할 소중한 선생님을 만났고
> 나의 자랑이자 추억이 되어 준 든든한 교정이 있기에
> 슬픔을 희망으로 맞바꾸어 더 넓은 세상으로
> 나아갈 준비를 한다
>
> — 「졸업」(배지윤) 부분

> 흔적을 정리하다가 하복을 찾아냈다
> 그 옷자락에
> 이제 내 열아홉은 깃들지 못한다

지나보면 모든 순간이 금 같던
싸움조차 귀했던
시간들은 눈을 감고
내 기억 속으로
가라앉았지만

사라짐이 아니니
슬퍼하지 말자
금처럼 가라앉아 나를 이룰
시간
시간들

– 「정리」(이소정) 전문

  '빛나는 연기 속에' 고등학교 시절의 '추억도 시간도 옅게 흩
어져가'(「불꽃놀이」(손예준) 부분)겠지만 사라짐이 아니니 슬퍼
하지 말았으면 한다.

  '뚜뚜뚜, 12년이 끝나는 종소리'가 울리고 '이제는 새로운 선
로를 따라 가야할 시간'(「선로」(노지영) 부분)이다. 그들이 앞으
로 가야 할 길이 항상 꽃길일 수는 없다. 하지만 눈에 보이는
것이 다가 아니다. 꽃길이 아니었다고 실망하지 말자. 다시 눈
비비고 살펴보면 그 길이 꽃길이다.

여기저기 핀 꽃을
정성스레 따다 바구니에 담았다

텅 빈 바구니에 난
커다란 구멍을 보고 울다가

지나온 길에 생긴
예쁜 꽃길을 보고 웃었다

- 「꽃길」(김경언) 전문

    그들의 마음과 내 마음이 만난 자리는 어땠을까? 그들의 마음이 담긴 94편의 시를 읽고 나서 내 마음은 더 애틋해졌다. 뭉클해졌다. 또 하나의 빚이 생겼다. 그들이 나에게 준 행복감만큼 나의 해설이 그들에게 반이라도 미치길 바란다. 생의 어느 순간, 이 시집을 들었을 때 모두 웃으며 행복했으면 좋겠다.

마·만·자의 추억

오채은(경북 진보초 교사)

고등학교 3학년 시절을 떠올리면 더 큰 세상으로 나아가기 위한 대입 진학으로 열심히 교실에서 교과서와 다양한 수험 서적들로 시간을 보냈던 기억이 난다. 대입이 중요한 그 시점에서 나를 비롯한 친구들을 둘러보았을 때 편하게 여유를 가지고 독서를 하는 시간은 거의 사치일 뿐이었다. 그러다 보니 문학작품 역시 문제 속 지문이 아니면 볼 일이 없었고, 또 글을 내가 직접 쓰는 일 또한 현저히 줄어들 수밖에 없었다.

우리 담임선생님께서는 학기 초부터 우리에게 큰 프로젝트를 하나 말씀하셨다. '마음과 마음이 만나는 자리, 마·만·자'에 우리의 글을 실어 한 편의 시집을 만들겠노라고 말이다. 우리 반 친구들이 쓴 글을 엮어 한 편의 책으로 엮어낸다는 사실을 처음 들었을 때 어려운 활동일 것이라고 생각했다. 하지만 선생님께서 주제를 정하는 것부터 단계적으로 방법을 안내해주심에 따라 걱정 혹은 어려울 것이라고 생각했던 것들도 사라지고, 정말 내가 소중하게 생각하고 무엇에 대한 기록을 남기고 싶은지에 대해 깊이 고민할 수 있는 시간이 주어졌다. 내가 정한 내용들을 산문으로 쓰고, 또 시로 바꾸는 과정 속에서 소중한 대상에 대해 다시 한 번 깊은 생각을 할 수도 있었고, 정말 훌륭한 작품을 만들어내고 싶다는 생각이 들었다. 처음엔 지레 어려울 것이라 생각했지만 내가 잠시나마 작가가 되어볼 수 있다는 것도 재미있었고, 또 이런 시 한 편을 창작해서 써내려갈 수 있다는 점이 참 뿌듯했고 값진 경험이라는 생각을 했다. 소중한 주제를 잡아서 작성하는 과정 속에서 잊힌 기억들을 다시 한 번 떠올리고 심적으로도 많이 성숙해질 수 있던 시간이었다.

처음에 시집을 받았을 때, 내가 쓴 시를 다시 본다는 것이 참으로 부끄러웠다. 하지만 선생님이 학생 개개인에 어울리는 시를 싣고 짧은 코멘트를 달아주신 것은 감동이었다. 나에게 적어주신 시는 윤제림 시인의 '샘'이었다. 그 시를 처음 봤을 때는 선생님이 되고 싶은 나에게 어울리는 시라고만 생각했는데, 이 글을 쓰며 다시 한 번 읽어보니 선생님께서 우리 반 학생의 특성을 잘 파악하시고, 또 신경을 많이 써주셨다는 부분을 느낄 수 있었다. 교사가 되고 보니 그때는 미처 알지 못했던 선생님의 깊은 뜻도 조금이나마 전달되었고 선생님께 감사한 마음이 든다.

대학수학능력시험이라는 큰 시험을 치르고 난 다음 어쩌면 무의미하게 보낼 수 있었던 시간이었지만 시 쓰기 수업을 통해 값진 시간을 보낼 수 있었다. 처음엔 시를 써야 한다는 부담스러움이 많았다. 하지만 시집을 받고 나서는 그런 마음이 싹 사라지고 선생님께서 시집 만들기 활동을 진행하신 이유를 조금이나마 알 수 있었고, 좋은 추억을 오랫동안 간직할 수 있게 해주신 것에 대해 너무 감사한 마음이 들었다. 쓰는 동안은 힘들었지만 그 어려움보다는 여고시절 하나의 추억을 오랫동안 간직할 수 있다는 그 자체만으로 아주 큰 선물이라고 생각한다. 특히 교사가 된 지금 시집을 만드는 일이 결코 쉬운 일이 아니라는 것을 알게 되니 그 감사한 마음은 배가 되는 것 같다.

'단순히 시를 써서, 시집 한 편을 받는다.'

시집 만들기 프로젝트 수업은 이것이 결코 전부가 아니다. 스스로를 돌이켜보고, 작품을 만들어내기 위해 자신의 솔직한 감정도 끄집어내 표현할 수 있어야 한다. 더불어 문학적으로 어떻게 좀 더 섬세하게 표현할 수 있을까 충분히 고민을 해보기도 해야 하며 친구들과 쓴 작품을 서로 바꿔 읽어보고 좀 더 좋은 표현을 찾아주기도 하는 과정들이 존재한다. 이 과정들 속에서 학생들은 자연스럽게 인성이 길러지고, 서로 소통하는 방법도 배울 수 있으며 나도 몰랐던 내 마음 한 구석에 숨겨졌던 감정표현 역시 가능하다. 과도한 입시 경쟁에서 벗어나 열린 마음으로 좀 더 솔직해질 수 있다는 말이다. 요즘 교육현장에서 강조되고 있는 학생활동중심수업, 그리고 인성교육적인 측면에서 이러한 하나의 프로젝트는 교과서에서 벗어나 좀 더 색다른 활동으로 학생들에게 다가갈 수 있고, 교사도 자유롭게 재구성하여 진행할 수 있어 우리가 실제 수업에 적용할 수 있는 효과적인 수업이 될 수 있다고 생각한다. 학생들이 스스로 주제를 정하고, 시집으로 엮는 과정 속에서 학급 회의를 통해 주체적으로

원하는 바를 전개하고, 학생들이 쓴 작품을 서로 공유하는 과정 등을 통해 자연스레 경청의 자세, 협동, 협력, 책임 등 다양한 인성덕목이 길러질 수 있을 것이다. 하나의 활동 속에서도 굉장히 다양한 긍정적인 교육효과를 찾아볼 수 있다.

재직 중인 학교에서 4학년 학생들과 함께 시 한 작품을 배운 후에 바꾸어서 시를 창작해보는 활동을 한 적이 있다. 교과서를 재구성하여 시를 적고 공유하는 시간을 가졌다. 특히 시를 창작하는 시간을 충분히 주었더니 그 시간 동안 만들어낸 학생들의 결과는 참 놀라웠다. 기대했던 것보다 학생들은 더욱 열린 마음으로 시를 바꾸어 적었고, 또 동심에서 우러나는 표현들이 결과물로 나왔다. 그 결과가 놀라워서 학생들의 표현력을 좀 더 보고 싶어졌고 친구들과도 공유할 수 있는 시간을 가지길 바랐다. 그래서 '자기 꿈'이라는 주제만 정해주고 자유롭게 시를 창작해보는 활동을 이어서 해보았다. 굉장히 솔직하면서도 기발한 표현들, 또 작품을 만들어내기 위해 진지하게 고민하는 모습들을 보며 '초등학생들에게도 시 쓰기 수업은 교육적인 것이 있겠구나' 하는 것을 몸소 느꼈다. 시를 다 쓴 후에는 서로 발표를 하거나 돌려 읽기를 하며 한줄 소감을 적기 하면서 학생들이 색다른 표현을 쓴 친구에게는 칭찬을 주기도 하고 '와, 넌 어떻게 이런 표현을 썼어?'라고 느낌을 적어 생각을 공유하는 모습도 볼 수 있었다. 활동 과정 속에서 서로 마음을 나누고, 소통하고 칭찬하는 모습이 보여 보기 좋았고, 교사로서 참 뿌듯했던 활동으로 기억하고 있다.

사실 이렇게 학생들에게 시를 써볼 수 있는 경험과 시간을 충분히 줄 수 있는 것도 내가 학창시절에 직접 경험해보았던 부분이기에 가능했지 않았을까 하는 생각도 든다. 재구성 활동을 통해 학생들이 쉽게 학습목표에 도달하고, 또 창의성과 문학적 감수성을 높일 수 있다는 점을 확인할 수 있었다. 더불어 교과시간 속 학생중심활동에서 자연스럽게 인성교육까지 연결되어 진행되는 부분이었으며 더 나아가 짧은 시간이지만 '작가'가 되어보는 진로활동과도 연계가 될 수 있었으므로 참으로 좋은 시간이었다. 이런 경험으로 비추어보면 시 쓰기 수업은 초등학생들에게도 충분히 적용가능하고 그 방법은 교사가 생각하는 방향에 따라 다양하게 녹여낼 수 있을 것이라고 생각한다. 물론 여러 물리적인 부분에서 초등학생들에게는 교사의 도움이 고등학생에 비하면 훨씬 많이 필요할 것이다. 하지만 정말 통통 튀는 생각과 기발한 표현으로, 꾸미지 않은 솔직한 모습을 표현할 수 있는 것은 초등학생 시기에 맞는 적합한 표현활동이 될 수 있을 것이다. 어쩌면 우리 어른이 생각하지 못한 그런 부분까지 발견할 수 있는 섬세함을 그 속에서 찾을지도 모르겠고, 이런 활동을 통해 '작가'라는 꿈을 가질 수 있는 진로교육이 자연스레 이루어져 학생들의 진로에 조금이나마 영향을 미칠 수 있지 않을까 하는 기대도 해본다.

　그래서 올해 한 번의 프로젝트를 생각하고 있다. 고등학교 3학년 때 담임선생님께서 우리에게 소중한 경험과 추억을 만들어주신 것을 떠올려 이번 학기 마지막에 우리 반 제자들과 함께 시를 지어볼까 한다. 내가 그랬듯 이것이 또 나의 제자들에게 하나의 값진 추억이 되길 바라면서 말이다.

국어교사가 쓰는 마·만·자 후기

김나영(경북 풍천중 교사)

포항여고 3학년 5반 실장으로서, 담임선생님과 함께 시집 '마음과 마음이 만나는 자리 3'을 편집한 지도 어느새 5년이란 시간이 지났다. 그 시절 고등학생이었던 내가 대학을 졸업하고 교사가 되기까지의 시간 동안 '마·만·자'는 내 방 책장 한 켠의 익숙한 풍경으로 자리 잡았다.

우리의 '마·만·자'는 특별하다. 갓 수능을 치른 여고생들의 '가장 소중한 것'에 대한 마음이 고스란히 담겨 있기 때문이다. 그 당시 나의 가장 소중한 것은 '아빠'와 '국어교사라는 꿈'이었다. 신나게 써내려간 여덟 개의 소중한 것들 중에서 치열한 경쟁을 뚫고 살아남은 두 가지였다. 당시 항암치료 중이었던 아빠, 그리고 국어교육과에 원서를 제출하고 결과를 기다리면서 바라고 또 바라던 나의 꿈. 그 두 가지는 어쩌면 그 당시 내가 가장 지키고 싶었던 것이었을지도 모르겠다.

두 편의 시를 쓰고 5년이 흐르는 동안 아빠는 항암치료를 무사히 끝내고 지금은 주름살이 조금 늘었을 뿐, 이전과 마찬가지로 건강하시고 곧 국어교육과에 입학한 나는 올해 중학교 국어교사가 되었다. 이처럼 그 시간 동안 달라진 것이 많지만, 우리의 시집을 펼치면 그때의 내가 변함없는 모습으로 나를 기다리고 있다. 아빠를 지키고 싶은 19살의 내가 있다. 소중한 꿈을 이루고 싶은, 고3인 내가 있다.

'마음과 마음이 만나는 자리'의 '마음과 마음'을 지금껏 나의 마음과 선생님·친구들의 마음이라고만 생각해왔다. 그런데 문득 '마음과 마음'이라는 건 그 시를 쓰던 나의 마음과 수일이 지난 어느 날 그 시를 읽는 나의 마음을 가리키는 건 아닐까 하고 생각해 본다. 과거 어느 날의 나의 마음, 그리고 언제나 현재인 나의 마음이 만나 이야기를 나누는 곳, 그곳이 바로 '마·만·자'가 아닐까 하고.

이 시집을 펼치면 나는 마치 그 시절 우리의 교실이 펼쳐지는 것과 같은 느낌을 받는다. 수능이 끝난 뒤 교실 리모델링 관계로 우리 반은 학교 귀퉁이의 과학실을 교실 대신 쓰고 있었다. 교실과 달리 정갈한 하얀색 책상들이 죽 늘어서 있던 그 과학실. 그곳에서 우리는 각자의 소중한 것을 떠올렸다. 여덟 가지 중 어렵사리 추려낸 두 가지 소재를 가지고 우선 산문을 썼다. 형식에 구애받지 않고 자유롭게 글을 써내려가면서 소재에 대해 깊이 있게 생각해볼 수 있었다. 충분히 시간을 가지고 산문을 쓴 다음에야 본격적인 시 쓰기는 시작되었다. 어려웠다. 시를 그저 분석의 대상으로만 여기던 고3들에게 직접 시를 써보라고 하니 어쩌면 당연한 일이었다. 산문에서 마음에 드는 문장들을 뽑아 나열해보기도 하고, 산문의 한 단락을 요약해 시의 한 행으로 집어넣어 보기도 하고……. 나름대로 이렇게 저렇게 고민하다 내가 내린 결론은 모든 이야기를 시에 담을 필요는 없다는 것이었다. 그래서 내가 가장 말하고 싶은 것을 주제로 삼아 다시 쓰기 시작했다. 비유와 상징, 운율 등을 활용해서 멋들어지게 썼더라면 더 좋았겠지만 수능 위주의 입시 체제 하 '시작(詩作)'이 아닌, 시에 대한 지식만을 배워온 우리가 그에 능숙할 리 없었다. 아무렴 어때. 특별한 기교는 없었지만 솔직한 마음을 담기에는 오히려 그 편이 나았다.

그렇게 서툴지만 진심 어린 시가 완성되었다. 친구들은 어설프게 시작한 자신들의 이야기가 편집 과정을 거치면서 점점 그럴 듯한 모양새를 띠는 걸 보며 신기해했다. 우리에겐 독자도 생겼다. 힘든 시기를 함께 나눈 서로가 서로의 독자였다. 시가 나오게 된 배경을 이미 알고 있는 데다 그 시를 쓰는 과정까지 생생히 지켜본 우리들은 서로의 글을 읽으며 깔깔 웃기도 하고 때론 눈물짓기도 하며 그렇게, 그렇게, 애독자가 되었다. 실제 작가들도 독자들이 자신의 작품을 면전에서 읽고 실시간으로 반응하는 모습을 보기란 어려운 일인데 하물며 우리에겐 더욱 색다른 경험이 아닐 수 없었다. 감성 낙낙한 여고생들이 감수성이 풍부한 선생님을 만나 알록달록한 결과물을 만들어낸 것이다.

손창원 선생님은 내가 학교를 다니며 만난 선생님들 중에 가장 감수성이 풍부한 선생님이셨다고 단언할 수 있다. 고3인 우리에게 하고 싶은 말씀이 있으실 때는 꼭 시로써 그 메시지를 전달하고는 하셨다. 아직도 생생히 기억나는 국어시간이 있다.

어느 날 수업시간에 선생님께서는 말없이 칠판에 '손가락이 열 개인 것은'이라고 쓰셨다. 그리고 맨 앞에 앉은 친구에게부터 차례대로 손가락이 열 개인 이유가 무엇이라고 생각하는지 물으셨다. '9개면 이상하잖아요.', '발가락이 10개니까요.' 등 장난스러운 답변들이 이어졌다. 그러다 나의 차례가 되었을 때, 나 역시 그럴 듯한 답변은 생각나지 않아 '원래 그렇게 태어났기 때문'이라고 답을 했다. 그러자 선생님께서는 이 시의 제목이 '성선설'이라고 힌트를 주셨지만 여전히 오리무중이었다. 결국 교실 한 바퀴를 다 돌아도 답이 나오지 않자 선생님께서 시의 뒷부분을 이어 쓰셨다. '어머니 뱃속에서 몇 달 은혜 입나 기억 하려는 / 태아의 노력 때문인지도 모릅니다' 교실 안에는 잠깐의 정적이 흐른 후 탄식이 새어나왔다. 감동을 받아서인지, 답을 맞히지 못한 아쉬움 때문인지 모를 탄식이었지만 나의 탄식은 충격으로 인한 것이었다. 시의 내용에 한 번, 성선설이라는 제목에 또 한 번 뒤통수를 얻어맞은 듯했다. 그리고 단 세 줄의 시로도 사람들의 마음을 울릴 수 있구나 하는 생각이 들면서 시의 매력에 빠져 들었다.

내가 가르치는 학생들에게 종종 시로써 메시지를 전달하려고 하는 나를 발견할 때면, 나는 선생님이 떠올라 웃음이 난다. 학생들과 처음 만나는 시간에는 '얼른 서로 이름 외우고, 앞으로 잘 지내보자.'라고 말하는 대신 김춘수의 '꽃'을 이야기했다. 세월호 4주기에는 안타까움을 읊는 대신 추모시를 함께 읽었다. 지각하는 아이에게는 벌을 주는 대신 시 한 편을 외워 종례 시간에 암송하게 한다. 수업 중간에 아이들이 지쳐 보일 때면 그때그때 내키는 대로 이행시, 삼행시의 운을 툭툭 띄워주곤 한다. 그러면 아이들은 신이 나서 곧잘 릴레이로 삼행시를 짓는다. 때론 일장 연설보다 시 한 편이 더 큰 울림을 줄 수 있다는 것을 알게 해주고 싶기 때문이고 생활 가까이에서 시를 접하면서 시를 친숙하게 대했으면 하는 바람 때문이기도 하다.

'소중한 것을 소중하게 대하자.' 내가 가장 좋아하는 문구이다. 가장 소중한 것이 무어냐고 물으면 곧잘 대답하면서도 그것들을 소홀히 대하는 경우가 얼마나 많은가. 소중한 것을 주제로 삼아 그것을 더 잘 표현하기 위해 음소 하나, 단어 하나, 어미 하나하나를 갈고닦으며 시를 쓰는 과정이야말로 소중한 것을 소중하게 대하게끔 만들어주는 과정이라 생각한다.

시 쓰기 수업은 나에게 있어 소중한 것이 무엇인지 진지하게 생각해 볼 수 있게 해주었다는 점에서, 그리고 언제든지 그 시절 나의 마음을, 그리고 친구들의 마음을 만날 수 있는 자리를 만들어주었다는 점에서 뜻깊었다. 교사가 되면 내가 가르치는 학생들에게도 그러한 공간을 선물해주고 싶다는 생각을 해왔고 올해 내가 처음 만난 아이들과 그 첫발을 내딛어 볼까 한다.

끝과 시작(詩作)

김시연(카이스트 재학생)

경북과학고등학교에 입학한 지가 엊그제 같은데 저희들은 2018년 2월, 경북과학고등학교의 졸업생이 되었습니다. 마침내 그 파란만장한, 끝나지 않을 것 같던 과학고에서의 생활이 막을 내렸습니다. 친구들과 함께하던 기숙사 생활도, 학교에서의 수업도, 동아리 활동도 모두 이제 추억이 되었습니다. 힘든 일도, 괴로운 일도 많았었지만 모두와 함께였기에 그 슬픔도 덜했고, 그만큼 기쁜 일도 많았습니다. 친구는 나의 기쁨을 두 배로, 슬픔을 반으로 줄여주는 이라는 그 의미를 절실히 깨닫게 해주던 나날이었습니다. 친구들뿐만 아니라 훌륭하신 좋은 선생님들도 많이 만날 수 있었습니다. 1학년 그 철없던, 중학생 티를 벗어내지 못한 저희를 지금까지 가르치고 거의 키우다시피 해주신 선생님들께 진심으로 감사드립니다.

고등학교를 다니면서 기쁨과 슬픔이 가장 많이 교차하는 순간은 아마 '졸업'이 아닐까 합니다. 단순히 설렘과 조금의 두려움만을 가진 입학식과는 달리, 학교에서의 모든 순간들을 추억으로 간직한 채 함께한 모든 이들에게 작별을 고하는 날인 졸업식. 언제까지나 함께할 것 같던 친구들과, 선생님들과, 선후배들과 작별을 고하고 또 다른 시작이라는 그런 설렘을 품은 채 각자 더 넓은 세계로, 자신의 길로 나아가게 되는 순간입니다. 그런 졸업생인 저희에게 국어선생님이신 손창원 선생님께서는 이 세상에 단 하나뿐인 특별한 선물을 저희에게 주셨습니다. 바로 저희가 쓴 시가 담긴 '졸업시집'입니다.

2학년 2학기의 어느 날, 입시를 앞둔 저희에게 국어선생님이신 손창원 선생님께서는 말씀하셨습니다. "졸업하기 전에 시를 한번 써보자." 한 학기 동안 선생님과 함께 수업하면서 시에 애착이 생겼던 저희는 즐겁게 받아들였습니다. 하지만 곧 눈앞에 닥친 입시에 잠시 '졸업시 쓰기'는 잊어버렸습니다. 그러다 2학기 말 선생님께서 본격적으로 시 쓸 준비를 하셨습니다. 입시가 거의 마무리되던 시기였습니다. 하지만 완전히 끝난 것은 아니었기에 빡빡한 면접 준비에 저희는 많이 지쳐 있었습니다. 그런 저희에게 선생님께서 준비하신 시 쓰기 시간은 그나마 숨통을 틀 수 있는 시간이었습니다.

선생님께서는 먼저 작은 종이들을 주시더니 살아오면서 가장 기억에 남는 일이나 사람 등을 적어보라고 하셨습니다. 그리고 그 종이들 중에서도 덜 중요하다고 생각되는 것들은 하나씩 찢어 버리게 하셨습니다. 그 순간에도 많은 갈등이 오갔던 것이 생각납니다. 남들에게는 한낱 종이쪼가리에 불과하더라도 자기 자신에게는 모두 소중한 추억이자 경험이었기 때문입니다. 이를 그냥 버리는 것도 아닌, 찢어 버리라는 선생님의 말씀이 가혹하게만 느껴졌습니다. 다른 친구들에게서도 많이 고민하는 모습을 볼 수 있었습니다. 그리고 이를 계속 반복하다 보니 종이는 한 사람당 3장씩만 남게 되었습니다. 이렇게 해서 남은 것들을 친구들과 함께 공유하는 시간을 가졌습니다. 아니나 다를까 저희가 마지막으로 남긴 종이에는 '부모님'이나 '친구', 그리고 '선생님'에 대한 것들이 많았습니다. 또한, 입시가 끝나가고 졸업을 앞둔 시점이어서 그런지 '대학'이나 '공부', '입시'에 대한 종이들도 많았습니다. 이렇게 서로 종이에 쓰인 것들을 공유하다 보니 선생님께서 주신 시간들이 금방 지나갔습니다.

선생님께서는 남아 있는 종이에 쓰인 것을 주제로 각각 시를 한 편씩 써오라고 하셨습니다. 선생님과의 '시 사랑하기' 수업으로 어느 정도 시에 자신이 생겼다고 생각했으나 시를 읽는 것과 쓰는 것은 많이 달랐습니다. 그래서 선생님께서는 우선 시를 쓰기 전, 각 주제와 관하여 글을 써보고, 그 글들을 바탕으로 시를 구상해 보라 하셨습니다. 그럼에도 막상 시를 쓰려고 하니 어떻게, 무엇을 써야 할지 막막했습니다. 바로 써내려지는 것도 있었지만 대개 조금 힘들었습니다. 아마 남아 있는 3개의 주제가 제게 큰 영향을 끼친 것들인 만큼 조금 마음이 무거워졌던 면도 있었던 것 같습니다. 저처럼 많은 고민을 하면서 진지하게 시를 써내려가는 친구들도 있었고 즐겁게 써내려가는 친구들도 있었습니다. 힘들었던 순간, 혹은 슬펐던 순간들을 떠올렸는지 눈가에 눈물이 맺힌 몇몇 친구들도 볼 수 있었습니다. 그렇게 저희는 이런저런 생각들을 거치며 자신의 첫 시들을 완성하였습니다. 그렇게 갓 완성된 시들은 친구들과 모여 함께 피드백을 거치게 됩니다. 이 순간도 많이 즐거웠던 것 같습니다. 저처럼 사뭇 진지하게 시를 써내려간 친구도 있었고, 정말 모두에게 웃음을 선사해준 시들도 있었습니다. 더불어 살짝 그 의미를 생각해보게 하는 심오한 시들도 찾아볼 수 있었습니다. 이처럼 서로의 첫 작품들을 살펴보며 서로 조언하고 고쳐가며 어느덧 저희의 시들이 마무리되었습니다. 그리고 그렇게 저희의 졸업시집이 탄생하였습니다.

23기 선배들과 24기 동기들의 졸업시집인 '마음과 마음이 만나는 자리 7'에는 경북과학고등학교 23기와 24기의 일상이 스며들어 있습니다. 기뻤던 순간, 즐거웠던 순간, 힘들었던 순간, 슬펐던 순간 하나하나가 모여 이런 시집이 되었습니다. 그렇기에 저희에게는 더욱더 소중하고 애착이 생기는 시집이 아닐 수가 없습니다. 시집을 읽어보면 과학고에서의 삶이 많이 들어가 있음을 알 수 있습니다. 그만큼 저희에게 과학고등학교에서의 삶이 많은 영향을 끼쳤으며, 어쩌면 이때만큼은 저희의 전부였을 것이라는 생각이 들었습니다. 이제 저희는 거대하게만 느껴졌던 경북과학고등학교라는 세계에서 더 크고 넓은 세계로 나아가려 합니다. 훗날 이 시집을 읽으며 이 순간을 추억하며 함께 웃을 수 있기를 기원합니다.

우리의 작은 이야기마당

박혜빈(성균관대 재학생)

펼쳐진 '수학의 정석' 위에 엎어져 한 손에는 볼펜을 그대로 쥔 채 잠들어버린 친구, 전 시간에 풀던 물리 문제를 가지고 칠판 앞에서 토론을 벌이는 친구. 흔히 볼 수 있는 과학고의 쉬는 시간 풍경이다. 매일 답을 찾기 위해 고민하고 미래에 막연한 불안감을 가지면서, 우리의 생활은 쉴 틈 없이 굴러가고 있었다. 아마 조금 지쳐 있었을지도 모르겠다. 하지만 이러한 풍경이 여느 때와 조금 다른 순간이 종종 있었다. 책상을 바쁘게 들고 옮기며 조를 만들고, 깜빡 곯아떨어졌던 친구도 어느 새 일어나 눈빛이 바뀌었다. 매일 손에서 놓지 못하던 과학 책과 수학 문제집을 잠시 내려놓고 여유를 가질 수 있는 시간. 문학수업 시간이었다.

흔히들 말하는 '이과생', 그중에서도 수학, 과학 공부에는 이골이 난 과학고생이었던 우리는 문학이, 그중에서도 시가 참 낯설었다. 정확히 말하면, 문학을 대하는 방법을 잘 몰랐다. 문학 작품을 이해할 때면 교과서나 참고서의 해석에 주로 의존하고는 했다. 작가의 의도대로, 보편적인 해석대로 이해해야 한다는 은연중의 생각은 우리를 자연스레 시와 멀어지게 했다. 나에게는 시가 '어려운 것'이면서 때론 '지루한 것'이었다. 잠시

시와 친했다고 할 수 있는 과거의 경험은 영화 <동주>를 보고 윤동주 시집을 사서 종종 읽었을 때였을까. 때문에 학기 초, 시와 친해지는 것이 우리의 목표라는 선생님 말에 나를 포함한 여러 친구들이 확신하기 어려운 표정을 지었다.

시를 읽으면서 자신이 느끼고 생각한 점을 그대로 이야기하는 것. 처음에는 '내 생각이 엉뚱한 건 아닐까. 시인의 의도와 완전히 어긋난 거면 어떡하지.' 하는 마음에 소극적이었던 것 같다. 하지만 다른 친구의 참신한 해석에 감탄하거나, 정말 생각지도 못한 의외의 재미있는 해석에 같이 웃음을 터뜨리기도 하면서 깨달았다. 정해진 답은 없었다. 우리가 느끼는 그대로, 생각한 그대로가 모두 맞는 것이었다. 시간이 지날수록 수업시간이라기보다는 작은 이야기마당 같다는 느낌이 들었다. 이야기마당에 있는 동안에는 성적과 수학, 과학 공부에 대한 부담을 잠시 내려놓고 우리 안의 이야기에 주목할 수 있었다. 그날의 시에 따라 나오는 이야기도 조금씩 달랐다. 때로는 각자가 품고 있던 과학도서의 꿈 이야기와 미래에 대한 고민. 어느 날은 사회와 현실에 대해 평소 가졌던 생각들. 다른 날은 친구 간의 우정, 그리고 가족 간의 사랑. 어느 새 우리와 친해진 시는 그렇게 우리 안의 숨은 이야기들을 이야기마당으로 나오게 만들었다.

시집 한 권 제대로 읽은 적 없던 내가 이야기마당이 무르익어갈 즈음엔 시집 한 권을 처음부터 끝까지 다 읽고, 시 속에서 나의 경험을 찾아 그에 대한 긴 글도 쓸 수 있게 되었다. 그렇게 시와 제법 가까운 친구 사이가 된 우리는 졸업을 앞두고 시

쓰기에도 도전하게 되었다. 처음에는 너무 진부하거나 혹은 반대로 낯간지러운 글이 되진 않을까 걱정이 앞섰다. 하지만 그동안 여러 편의 시를 읽으며 많은 이야기를 나눴던 일을 돌이켜보니, 그런 이야기마당을 열 수 있는 글을 쓴다는 것이 설레기도 했다.

걱정 반, 기대 반으로 시작된 시 쓰기의 첫 단계는 우리의 인생에서 중요하다고 생각되는 10가지 경험을 적고, 그중 3가지를 선택하는 것이었다. 선택하지 못한 나머지 경험이 적힌 종이를 차례로 버리는 과정에서 조금은 울컥했던 기억이 난다. 짧은 순간 수없이 고민하면서 지켜낸 3가지 경험을 보면서, 많은 생각이 교차했다. 다음 단계는 그 경험들에 대해 긴 글을 쓰는 것이었다. 차분히 써 내려가면서 그때의 분위기와 감정, 들었던 생각들이 조금씩 기억났다. 내 시를 읽는 이도 그 감정을 함께 느낄 수 있으면 좋겠다는 생각이 들었다. 이러한 준비과정을 마친 뒤였는데도 시를 쓰는 과정은 생각만큼 쉽진 않았다. 한참을 지우고 다시 쓰길 반복하다 생각했다. '시'라는 상자에 소중한 걸 담아낸다는 건 정말 쉬운 일이 아니구나.

그렇게 완성한 초안을 친구들과 바꿔 읽어보며 어떻게 해석했는지, 어느 부분이 보완되면 좋을지 서로 짚어주는 시간도 가졌다. 철없던 어린 시절의 이야기, 스쳐간 사랑 이야기, 가족 이야기, 그리고 현재 우리에 대한 이야기. 때로 우리의 작은 이야기마당에서 오가고는 했던 얘기들이 시 속에 녹아 있는 모습은 따뜻하게 느껴졌다. 너무 많은 것을 말하지 않는 '시'라서 더 큰 울림이 있었다. 시를 쓰는 과정에서, 그리고 서로의 시를 읽어 보는 과정에서 우리 안에는 생각보다 많은 이야기가 있다는 것을 알게 되었다. 그동안 쉴 틈 없는 일상에 치여 미처 알아채지 못했던, 나이기에 할 수 있는 나만의 이야기들. 우리와는 거리가 멀다고 생각했던 문학과 시를 통해 알아차릴 수 있었던 것이다. 읽으면서는 여유를 가지고 작은 이야기마당을 펼치도록 하는 글, 쓰면서는 미처 몰랐던 자신만의 이야기를 찾아낼 수 있는 글. 그런 게 '시'라면 나도 꾸준히 읽고 써보아야겠다고 처음으로 결심했다.

이루고 싶은 목표가 있기에 늘 바쁘게 노력하는 것이지만, 때로는 그 치열함 때문에 많은 것들을 깜빡 잊고는 한다. 처음 과학도가 되겠다고 결심했을 때의 포부나, 자랑스럽게 말하던 자신의 꿈, 살아가면서 만난 소중한 인연들. 그런 것들을 잊어버려 지친 와중에 문학시간에 열린 이야기마당에서 여유를 찾고, 시를 쓰면서 다시 떠올렸다. 그리고 서로의 시를 읽으면서 앞으로 우린 어떤 마음가짐으로 나아가야 할지, 무엇을 중요하게 생각해야 하는지 하는 고민에 대한 답을 찾아나가기 시작했던 것 같다. 처음엔 그저 어색했던 과고생과 문학, 그리고 시의 만남은 작은 이야기마당을 열고, 우리 안에 숨어 있던 따뜻한 감성을 드러나게 만들었다. '차가운 이성에 따뜻한 감성을 더하다.' 라는 문학 수업의 목표, 성공이다.

슬하에 시집 몇 권

이성희(하노이한국국제학교 교사)

창원아,

이게 네게 쓰는 첫 편지가 되겠다. 어쩌면 마지막일 거라는 생각도 한다. 보내준 원고는 차근차근 읽었다. 아니 읽기 힘들었다. 보다 정확하게 얘기하자면 읽기가 두려웠다. 글을 읽는다는 건 사람을 읽는다는 건데, 그 사람을 읽을수록 내가 보인다. 다시 근본적인 물음이 생긴다.

도대체 왜? 너는 시를 쓰(는 수업을 하)는가? 교사는 무엇으로 사는가?

네가 보내준 원고를 읽으면서 왜 너는 시를 가르치고 쓰게 할까, 생각해 보았다. 그 질문은 자연스럽게 교사는 무엇으로 사는가 하는 질문으로 이어졌고, 다시 어떻게 살 것인가 하는 물음을 가질 수밖에 없다.

그리고 보니, 이건 스무 살 청춘들이나 하는 고민이 아니던가?

그러고 보니, 이건 청로 손창원 선생의 고민이 아니던가?

오래도록 네가 보내준 원고에 답신을 못한 이유를 알 것 같다. 스무 살 청춘이나 오랫동안 이 문제를 고민했던 선배들이나 그리고 너와 나도 아직 정답을 모르기 때문일 거라는 생각을 했다. 감히 말하자면 네가 엮은 시들은 어떻게 살 것인가 하는 물음에 답하는 것들이었다고 나는 생각한다.

> 이게 아닌데
> 이게 아닌데
> 사는 게 이게 아닌데
>
> (김용택, '그랬다지요' 부분)

굳이 누구의 말을 인용하지 않아도, 너와 내가 기울인 술잔에서도 넘쳐나던 말이었다. 국어를, 문학을 이렇게 가르치는 게 '이게 아닌데' 어쩌라고, 그러니 어쩌라고, 그러니 뭐 달리 방법이라도 있냐고. 그런 몸부림의 소산이 아니었을까? 늘 너는 어떻게 가르칠까를 고민했고, 어떻게 가르칠까 하는 물음은 다시 어떻게 살 것인가 하는 물음으로 이어졌다. '그러는 동안 봄이 가며 꽃이 졌'고, '그러면서 사람들은 살았'겠지만, 그러는 동안 네 앞에는

슬하에 시집 몇 권!

슬하에 지웅이 지홍이와 함께 '마만자' 시집 몇 권을 아들처럼, 어쩌면 아들보다 더 소중하게 내게 건네던 그 모습이 생각난다. 고슴도치 자식이 아니라도 얼마나 예쁘고 소중한 존재들이랴! 내가 아는 건 그뿐, 손창원 선생의 아들, 딸들이 슬하에 지웅이 지홍이만이 아니라는 걸.

오래전,

아직 손창원 선생이 자신만의 정답을 찾아 헤맬 때, 조금이라도 함께 고민을 나누어 준 죄로 나에게 응원의 말을 부탁했다면 이젠 더 응원하지 않아도 되겠다는 말로 마무리한다. 그 시절 너에게 필요한 응원은 채 스무 살도 되지 않은 청춘들의 고민을 바로 네 것처럼 나눌 수 있는 공감 능력 아니겠는가?

그리고 사족,

나는 너의 가장 빛나던 시절을 기억한다.

너는 '수능 국어'를 가르쳤다. 그 시절에 이미 너는 가장 빛나는 교사였다.

여기에 더해 이제 학생들이 더 빛나는 수업을 하고 있으니, 그 빛나는 결과물로 슬하에 시집 몇 권 두고 있으니…….

'마만자' 출간을 축하한다.

모자람과 넘침이 만나는 자리

도진희(창포중학교 교사)

아이들은 늘
모자라거나 넘친다
부모님의 기대는 넘치고
부모님의 믿음은 모자란다
모자라면 좋을 '내성적'은 넘쳐서 안타깝고
넘치면 좋을 '외향적'은 모자라서 아쉽다
넘침을 받아내서
모자람을 채우고 싶으나
넘침은 꿀렁거릴 뿐이고
모자람은 흔들 수 없어 안쓰럽다
모자람과 넘침이 꿀렁거려 흔들리는 교실

아이들은 쓴다
휴대폰에,
연습장에,
교과서 귀퉁이에
아이들은 글 속에서
모자람을 채우려 하고
넘침을 비우려 한다

모자람과 넘침은 글 속에서
만나 쑥스럽게 화해하고 악수한다

손 선생은
아이들의 글을 보며
가르침의 모자람을 채우고
아이들의 글을 고쳐주며
가르침의 넘침을 비운다
가르침의 모자람과 배움의 넘침,
배움의 모자람과 가르침의 넘침은
글 속에서 만나 반갑고 다정하고
서로 고맙다

일곱 번 책을 건넸던 손 선생에게
나는 한 번도
고맙다는 말을 하지 않았다
만들지 못하는, 않는
내가 부끄러워서 고맙지 않았다
손 선생이 만든 책을 읽으며
나는
모자라서 힘든 아이의 수업안을
넘쳐서 괴로운 아이의 수업안을
짰다, 그 마음을 읽었다
거울을 보며 거울을 다듬지 않듯

손 선생이 만든,
아이들이 쓴 글을 보며
나를 다듬었다
이제는 말해야겠다
손 선생, 고맙다

마음과 마음이 만나는 자리

손창원

지난 7년 간 시집만들기 프로젝트 수업을 했습니다.

이 책은 7권의 시집을 다듬어 만든 것입니다.

시집을 엮어 책으로 만들다보니 생각나는 분들이 많습니다.

이 수업의 틀을 만들어준 분이 있습니다.

멀리 하노이에 있는 이성희 선생님과 창포중에 근무하는 도진희 선생님입니다. 함께 3학년 담임을 하면서 수업연구와 학급운영을 고민했던 분들입니다. 늘 물음이 많은 저에게 답을 알려주신 선배들입니다. 두 분이 없었다면 국어교사로서 성장하기 힘들었을 것입니다.

경기 광동고에 근무하시는 송승훈 선생님에게서 많은 아이디어를 얻었습니다. 10년 전, 1정 연수 강사로 만난 선생님은 고3 수업에서도 책 읽기 수업이 가능하다는 것을 보여주셨습니다. 비록 함께 근무하지는 않았지만 수업에 대한 고민이 있을 때마다 선생님의 블로그에서 해결방법을 찾았습니다.

이 외에도 지면 관계상 모두 언급하기 힘들지만 지난 세 학교를 거치며 만났던 동료 국어과 선생님들과 교장, 교감선생님들께서도 든든한 조력자였습니다. 수업에 대한 피드백과 지지가 없었다면 이루기 힘든 결과였습니다. 특히 경북과학고에서 만난 이진옥 교장선생님, 최한용, 우종원 교감선생님께서는 과학고 교육과정에서 국어과 수업이 소외되지 않도록 적극적인 지원을 아끼지 않으셨습니다.

누구보다도, 이 책은 저와 함께 수업시간을 통해 배운 학생들이 없었다면 나오지 못했을 것입니다. 이 책의 시들은 포항여고, 경북과학고 학생들이 지난 삶을 성찰하고 그것을 바탕으로 창작한 결과물입니다. 입시가 끝나고 어수선한 시간에 모두 적극적으로 활동에 참여한 덕분입니다.

학생들이 쓴 어설픈 글을 출간할 수 있게 도와주시고 예쁘게 책을 만들어주신 이담북스 조가연 님과 편집 담당자에게도 감사의 말을 전합니다.

마지막으로 지난 수년간 고3 담임이라는 핑계로 가정에 충실하지 못했던 저를 묵묵히 도와준 사랑하는 천 샘과 자주 놀아주지 못해도 아빠를 좋아해주는 아들 지웅, 지홍이에게 고맙다고 말하고 싶습니다.

마음과 마음이 만나서
고맙습니다.

손창원

2004년에 울진 기성중학교에서 교직을 시작했고 이후 포항고등학교, 포항여자고등학교에서 근무했다. 지금은 경북과학고등학교에서 교사와 학생이 함께 성장하는 수업을 실천하기 위해 노력하고 있다. 이 책은 포항여자고등학교와 경북과학고등학교 학생들이 쓴 시를 모은 것이다. 차가운 이성에 따뜻한 감성을 더한 융합형 인재들과 함께 문학 수업을 하며 교사 또한 성장할 수 있었다.

마음과
마음이
만나는
자리

초판인쇄 2018년 12월 14일
초판발행 2018년 12월 14일

엮은이 손창원
펴낸이 채종준
펴낸곳 한국학술정보㈜
주소 경기도 파주시 회동길 230(문발동)
전화 031) 908-3181(대표)
팩스 031) 908-3189
홈페이지 http://ebook.kstudy.com
전자우편 출판사업부 publish@kstudy.com
등록 제일산-115호(2000. 6. 19)

ISBN 978-89-268-8621-2 03810